행복한 **반올림**

행복한 반올림

개정판1쇄 인쇄 | 2015년 2월 25일
개정판1쇄 발행 | 2015년 2월 26일

지은이 | 김태광
펴낸이 | 박대용
펴낸곳 | 도서출판 징검다리

주소 | 413-834 경기도 파주시 교하읍 산남리 292-8
전화 | 031)957-3890,3891 팩스 031)957-3889
이메일 | zinggumdari@hanmail.net

출판등록 | 제 10-1574호
등록일자 | 1998년 4월 3일

··· 지혜의 소금창고 두번째 이야기

김태광–지음

행복한 반올림

징검다리

인생의 골든 티켓

어린 시절에는 '학생' 이라는 신분에서 벗어나고 싶었다. 그래서 얼른 어른이 되고 싶었다. 세월은 흘러 나는 어른이 되었고 자유를 누리게 되었다.

하지만 나는 무방비 상태에서 주어신 자유의 무세에 비틀거렸다. 얻은 자유만큼 내 가슴속에선 보이지 않는 소중한 무언가가 새어나갔다. 그것은 자유에 대한 대가였다.

어른이 된 지금 오히려 그 시절이 그립다. 정형화되어 있으면서도 정형화 되지 않은 그 시절이 그리운 건 왜 일까?

그동안 나는 질주하듯이 살아왔다. 가끔 가던 길을 멈추고 숨을 고르며 주위를 돌아보고 싶었지만 시류에 뒤처질까봐 무시해야했다. 그리하여 꿈에 그리던 작가가 되었다. 내 책을 든 독자들의 반응에 어린 아이처럼 기뻐하기도, 한없이 무너지기도 한다.

문득 그런 마음 한 편으로 이런 생각이 든다.

'지금 나는 제대로 사는 걸까?'

이 물음에 나는 머뭇거려진다. 그동안 나는 철저히 나 자신만 바라보며 살아온 것이다. 오로지 내가 갈망하는 것들에 대한 욕심을 안고서….

한 번 돌아보라! 어쩌면 그대도 나와 비슷한 생각과 모습으로 살아가고 있을지 모른다. '이게 아닌데' 하면서도 어쩔 수 없이 앞만 보며 달려가고 있지 않은가.

사람들은 자기 분야에서 최고가 되기를 꿈꾼다. 그것이 바로 성공과 직결되기 때문이다. 그러나 성공을 위해 가장 소중한 것들을 잃어버렸다면 진정한 성공이라고 할 수 없을 것이다.

아무리 자태가 아름다워도 향기가 없는 꽃이라면 어떤 감동도 느낄 수 없다. 인생도 마찬가지다. 꿈과 성공 속에 '관심', '배려', '희망'과 같은 씨앗이 담겨 있어야 한다. 그러할 때 감동이 가득한 인생인 것이다.

나는 이 책을 통해 우리가 살아가는 이유, 세 가지를 말하고 싶었다. '관심'과 '배려', '희망'이다. 이 세 가지는 세상에서 가장 행복한 사람으로 변화시켜주는 '골든 티켓'이다. 책을 읽어 내려가다보면 어느새 골든 티켓을 쥐고 있는 자신을 발견할 것이다. '

그대여 기억하시라!
"신은 이미 그대를 위해 모든 것을 준비해두었다는 것을…."

●● 차례

chapter 01 _너와 나 그리고 우리, 관심

chapter 02 _상대방의 마음을 얻는 힘, 배려

chapter 03 _우리가 살아가는 이유, 희망

내가 세상에서 제일 사랑하는 동욱 씨, 윤규 생일 날마다 꼭 사진관에 가서 사진을 한 장 찍어 주세요.

그리고 화장대 서랍에 꼭 맞는 액자가 있으니까 거기에 넣어 거실에 걸어줘요.

찬장에 둔 와인은 당신이 마시면 안돼요.

윤규가 태어나던 해 담은 건데, 신혼여행 갈 때 싸서 보내 주세요.

여름에 출근할 땐 썬 크림 바르는 거 잊지 마시구요.

안 그러면 피부가 상해서 지금의 나이보다 더 늙어 보이니까.

그리고 꼭 일 년에 두 번 구충제를 먹어야 해요.

당신도 윤규도 강아지도 함께요. 그리고 마지막으로 꼭 하루에 한 번은 윤규에게 사랑한다고 말해 주세요.

chapter 01

너와 나 그리고 우리,
관_심_

사랑의 고뇌처럼 달콤한 것이 없고
사랑의 슬픔처럼 즐거움은 없으며
사랑의 괴로움처럼 기쁨은 없다.

56년 전의 약속

몇 해 전, 여든 살로 세상을 떠난 한 그리스 할머니가 온 유럽인의 가슴을 적신 적이 있었습니다.

할머니의 이름은 안젤리키 스트라티고우였습니다.

이 할머니는 아모레 셈프레(영원한 사랑)라고 이탈리아어로 적힌 두통의 엽서를 가슴에 끌어안은 채 세상을 떠났습니다.

세상을 떠나기 직전 할머니는 이 말을 남겼습니다.

"난 위대한 사랑을 안고 그대를 기다렸어요."

때는 1941년 8월의 어느 날이었습니다.

스무 살의 이탈리아군 소위 루이지 수라체는 그리스 펠로폰

네소스 반도 서북부의 아름다운 항구도시 파트라이로 파견되었습니다.

행군을 하던 루이지는 집 앞에 앉아 있던 안겔리키 스트라티고우에게 길을 물었습니다.

처녀는 크고 검은 눈이 매력적이었습니다. 청년은 의젓하며 예의 바른 장교로 두 사람은 서로에게 마음이 끌리기 시작했습니다.

그는 길을 가르쳐준 처녀가 굶주림에 지쳐 있음을 눈치 채고 가지고 있던 전투식량을 나눠주었습니다.

루이지는 사흘이 멀다 하고 먹을 것을 들고 그녀의 집을 찾았습니다. 그리고 루이지는 그리스말을, 안겔리키는 이탈리아말을 배웠습니다.

그들은 무척 행복했습니다.

그러나 이 행복은 43년 이탈리아가 항복하면서 막을 내렸습니다.

급히 귀국해야 했던 루이지는 안겔리키를 찾아 손을 한번 잡게 해달라고 간청했습니다.

하지만 적군 장교와 사귀는 것을 다른 사람이 볼까 두려워한 그녀는 끝내 거절했습니다.

루이지는 떨리는 목소리로 말했습니다.

"전쟁이 끝나면 저와 결혼해 주세요."

그녀는 루이지의 청혼에 대해서는 조용히 고개를 끄덕였습니다.

전쟁이 끝난 후 루이지는 고향인 이탈리아 남부 렉지오 칼라브리아로 돌아갔습니다. 그곳에서 루이지는 안젤리키에게 계속 편지를 띄웠습니다.

당시 그녀는 고모 집에서 살고 있었습니다.

하지만 조카가 적군과 연애하는 것을 인정하지 않았던 고모는 편지를 중간에서 가로채 불 태워 버렸습니다. 답장 없는 편지를 계속 보내던 루이지는 천일 째 되던 날 드디어 그녀를 잊기로 결심했습니다.

그리고 루이지는 곧 결혼을 했습니다. 아들 하나를 둔 평범한 삶이 계속되었습니다. 그러나 아내가 1996년 세상을 떠나자 희미한 옛사랑의 그림자가 그의 가슴 속에서 되살아났습니다.

그는 파트라이의 시장에게 사연을 담은 편지를 보냈습니다. 시장은 현지 스카이 방송사 기자들의 도움을 받아 아직도 그 도시에 살고 있던 안젤리키를 찾아냈습니다.

"언젠가는 이런 날이 올 줄 알았어요."

이 소식을 들은 안젤리키의 첫 마디였습니다.

안젤리키의 연락을 받은 루이지는 얼굴을 가리고 한없이 울

었습니다. 그녀가 56년 전의 결혼약속을 여전히 믿으며 평생
을 독신으로 살아왔음을 알았기 때문입니다.

　몇 해 전, 2월의 성 밸런타인데이에 둘의 감격어린 재회가
이루어졌습니다.

　파트라이를 방문한 루이지는 또다시 떨리는 목소리로 청혼
했고 안겔리키는 벅찬 가슴으로 받아들였습니다.

　당시 루이지는 일흔 일곱 살이었고 안겔리키는 일흔 아홉
살이었습니다.

　두 사람은 1년의 절반씩을 각각 그리스와 이탈리아에서 지내
기로 했습니다. 하지만 루이지와 안겔리키의 계획은 안겔리키가
병으로 세상을 떠나면서 이룰 수 없는 꿈이 되어 버렸습니다.

그녀가 세상을 떠난 날은 1월 23일로 예정되었던 결혼식을
2주일 앞둔 9일이었습니다.

　루이지는 그녀의 죽음을 모르고 있었습니다. 대신 결혼식이
연기된 걸로 알았습니다. 그 또한 병으로 병원에 입원했고 주
변에서 비밀로 했기 때문입니다.

　"사랑의 고뇌처럼 달콤한 것이 없고

　사랑의 슬픔처럼 즐거움은 없으며,

　사랑의 괴로움처럼 기쁨은 없다.

　사랑에 죽는 것처럼 행복은 없다."

　독일의 시인 E.M.아른트의 말입니다.

　사랑보다 더 감동을 주는 것이 있을까요?

　또, 사랑만큼 마음에 고통을 주는 것이 있을까요?

　이처럼 사랑은 우리에게 천국을 보여주었다가

　다시 지옥을 보여주기도 합니다.

　하지만 먼 훗날 우리가 세상을 떠날 때

　사랑 말고 가지고 갈 것이 또 무엇이 있을까요?

　사랑은 아무리 많은 시간이 흘러도 진정 변하지 않습니다.

　오히려 더욱 그립고 애틋해질 뿐입니다.

1,006개의 동전

      혜원 씨는 구청 사회복지과에서 근무하고 있습니다. 혜원 씨는 영세민들의 실태 파악을 위해 달동네를 찾았습니다.

    어느 정도 예상은 하고 갔지만 상황은 더욱 심각했습니다. 혜원 씨는 한 아주머니를 보고는 놀라움과 함께 울고 말았습니다. 아주머니의 얼굴 한쪽은 화상으로 심하게 일그러져 있었기 때문입니다.

    혜원 씨는 찾아 온 이유를 천천히 말했습니다.

    "사회복지과에서 나왔습니다."

    "아, 그러세요. 어서 들어오세요."

아주머니는 반가운 손님을 맞듯이 웃으며 말했습니다.

금방이라도 떨어질 듯한 문을 열고 집안으로 들어서자 밥상 하나와 장롱뿐인 방에서 곰팡이 냄새가 코를 찔렀습니다.

아주머니는 어린 딸에게 부엌에 있는 음료수를 내어 오라고 말했습니다.

"아니에요. 괜찮습니다. 그런데 아주머니, 얼굴은 언제 다치

셨어요?"

아주머니는 오래된 과거 이야기를 들려주었습니다.

"어렸을 때 집에 불이 나 아버지와 저만 살아남았어요."

그때 생긴 화상으로 온 몸이 이렇게 흉하게 된 것이었습니다.

"그 이후로 아버지는 매일 술만 드셨고 저를 때렸지요. 아버지 얼굴도 그때 화상을 입어 저처럼 흉터 투성이었어요. 저는 도저히 살 수 없어서 집을 뛰쳐나왔지요."

아주머니는 부랑자를 보호하는 시설을 알게 되었고, 거기서 몇 년 간을 지낼 수 있었습니다.

"남편을 그 곳에서 만났어요. 남편은 앞을 못 보는 장님이었지요. 딸도 낳았어요. 아마 그때가 내 인생에서 가장 행복한 때였던 것 같아요."

그러나 행복도 잠시, 남편은 딸아이가 태어난 지 얼마 후 시름시름 앓더니 결국은 세상을 등지고 말았던 것입니다.

그녀가 마지막으로 할 수 있는 일은 전철역에서 구걸하는 일 뿐이었다고 말했습니다. 아주머니는 예전의 일이 떠오르는지 눈물을 쏟으며 말을 잘 잇지 못했습니다.

"그러던 중 어느 의사 선생님의 도움을 받아 무료로 성형 수술을 하게 되었어요. 하지만 여러 번의 수술로도 얼굴은 그리 나아지지 않았어요."

아주머니는 수술만 하면 금세 얼굴이 좋아져 일자리를 얻을 수 있을 거라는 희망을 가지게 되었다고 했습니다.

"흉터가 심한 얼굴인데 수술한다고 얼마나 달라질 수 있겠어요?"

부엌을 둘러보니 먹을 것이 변변치 않았습니다.

혜원 씨는 상담을 마치고 일어서며 말했습니다.

"쌀은 며칠 내로 드릴 거고, 보조금도 나올 테니까 조금만 기다려 보세요."

아주머니가 장롱 깊숙이에서 뭔가를 꺼내 손에 쥐어주었습니다.

"아주머니, 이게 뭐예요?"

검은 봉지에 묵직한 뭉치가 들어있었습니다. 봉지를 풀어 보니 그 안에는 100원짜리 동전이 가득 들어 있었습니다.

의아해 하는 혜원 씨에게 아주머니가 말했습니다.

"그동안 혼자 약속했어요. 구걸하면서 천 원짜리가 들어오면 생활비로 쓰고, 오백 원짜리는 시력을 잃어가는 딸아이 수술비로 저축하고, 그리고 백 원짜리는 나보다 더 어려운 노인 분들을 위해 드리기로요."

꼭 가져가야 마음이 편하다는 아주머니의 말을 뒤로 하고 집에 돌아와서 세어 보니 모두 1,006개의 동전이 그 안에 들어 있었습니다.

수많은 행복이 있습니다.

맛있는 음식을 먹을 때 느끼는 행복.

갖고 싶었던 물건을 가졌을 때 느끼는 행복.

가고 싶었던 곳으로 여행을 떠날 때 느끼는 행복.

하지만 이런 행복들은 시간이 흐르면서 그 색이 옅어지고

또 다른 자극적인 행복을 원하게 되지요.

어려운 사람에게 도움의 손길을 내밀 때 느끼는 행복은

오래도록 마음을 충만하게 할 것이라고 생각해봅니다.

그래서 흔히 사람들은 받을 때보다

줄 때 가장 행복하다고 말하나 봅니다.

누군가에게 작은 사랑을 베풀 때

마음은 더욱 더 여유로워지고 아름다워집니다.

거지 소녀와 청년

　　　　부자든, 가난한 사람이든 모두 공평하
게 베풀 수 있는 것이 있습니다. 그것은 바로 사랑입니다. 거
창하거나 물질을 베푸는 것만이 사랑이 아닙니다. 오히려 진
정한 사랑일수록 그 크기는 작지만 감동은 배가 되지요.

　위로가 담긴 따뜻한 말 한 마디도 좋습니다. 책 한 권, 손수
건 한 장이면 어떻습니까? 그 속에 주는 이의 마음이 담겨 있
으면 이보다 더 가치 있는 것은 없을 테니까요. 어느 누구도
사랑을 베풀지 못할 만큼 가난하지는 않습니다.

　어느 겨울 날, 한 소녀가 길모퉁이에 서서 구걸을 하고 있었

습니다.

소녀는 돈이나 음식, 그밖에 어떤 것이라도 좋으니 도와달
라고 간청했습니다.

소녀는 다 헤져 너덜거리는 옷을 입고 있었으며 오랫동안
씻지 않았는지 몸에서는 악취가 풍겼습니다. 머리카락은 손질
을 하지 않은 탓에 엉망으로 엉켜 있었습니다.

어떤 부유한 청년이 그 곳을 지나가게 되었습니다.

소녀는 값비싼 옷을 입고 있는 청년만은 자신을 도와줄 거

라 믿었습니다.

소녀가 말을 건넸습니다.

"제발, 저를 좀 도와주세요. 저는 며칠 동안 아무 것도 먹지를 못했어요. 그러니 저에게 한 푼만이라도 좋으니 도와주세요."

"……."

그러나 청년은 소녀를 힐끗 쳐다볼 뿐 그냥 지나쳐 버렸습니다.

집으로 돌아온 청년은 호화로운 저택, 행복하고 평화로운 가정, 진수성찬으로 차려진 식탁을 보자 문득 길에서 보았던 불쌍한 소녀의 모습이 떠올랐습니다.

그리고 하나님이 이러한 불평등한 일이 존재하도록 허락하신 데 대해 화가 치밀었습니다.

그는 마음속으로 이렇게 항의했습니다.

"하나님, 어떻게 이런 일이 있을 수 있습니까? 왜 당신께서는 가엾은 소녀에게 베푸시지 않으십니까?"

그러자 그의 마음속 깊은 데서 하나님의 잔잔한 음성이 들려왔습니다.

"나는 이미 그 소녀에게 도움을 베풀어주었다. 내가 너를 창조한 이유가 바로 그것이다."

'한 사람도 사랑해보지 않았던 사람이

인류를 사랑하기란 불가능한 것이다.' 라는 말이 있습니다.

세상의 모든 사람들을 사랑하는 일은

한 사람을 사랑하는 데서부터 시작된다고 할 수 있습니다.

지금 자신과 가장 가까이에 있는 사람에게

따뜻한 마음과 손을 한 번 내밀어 보십시오.

세상의 모든 사랑은 씨앗처럼

작은 것에서 비롯됨을 잊지 말아야 합니다.

기적을 낳은 소녀의
아스피린 한 병

　　이탈리아의 한 시골마을, 열세 살 소
년이 살고 있었습니다.

　하루는 노벨 평화상을 받은 슈바이처 박사의 의료 선교에
대한 책을 읽게 되었습니다.

　소년은 슈바이처 박사의 사업을 돕기 위하여 조그만 일이라
도 하나 해야겠다고 결심했습니다.

　소년은 공군 사령관에게 아스피린 한 병을 보내면서, 부대
의 비행기가 슈바이처 박사의 정글 병원을 지날 때 낙하산으
로 보낼 수 있는지를 물었습니다.

　사령관인 린제이 중장은 이 편지를 보고 감동하여 이탈리아

의 한 방송국으로 호소문을 보냈습니다.

그 소식을 들은 이탈리아의 국민들은 무려 40만 달러어치의 의료 용품을 모아 소년과 함께 슈바이처 박사에게 보냈습니다.

소년을 맞이하면서 슈바이처 박사는 이렇게 말했습니다.

"한 어린이가 이렇게 큰일을 할 수 있으리라고는 생각지도

못했습니다. 소년의 아스피린 한 병은, 그 옛날 한 소년이 예
수님께 내놓았던 물고기 두 마리와 보리떡 다섯 개라고 나는
확신합니다."

사랑은 마음을 움직이는 최고의 약입니다

또 사랑만큼 전염성이 강한 것도 없습니다.

사랑은 한 사람의 마음을 따뜻하게 하고 희망을 심어줍니다.

사랑을 받은 사람도 누군가에게 사랑의 손길을 전하고 싶어집니다.

마하트마 간디가 말했습니다.

"만약 한 사람의 인간이 최고의 사랑을 성취한다면

그것은 수백만의 사람들의 미움을 해소시키는데 충분하다."

이 세상을 따뜻하게 하고 향기롭게 하는 것은 사랑입니다.

사랑이 있기에 우리는 오늘도, 내일도 희망을 가질 수 있습니다.

자장면 한 그릇

얼마 전 학교 선배가 들려 준 이야기입니다.

서울 역 근처 지하도를 지나다가 머리가 희끗한 아저씨 한 분이 구석에 앉아 있는 것을 보았습니다. 집을 나온 지 얼마 되지 않아 보였습니다. 값비싸 보이는 양복을 단정히 입고서 지하도 계단 한 구석에 쪼그리고 앉아 있었습니다.

옆에는 여행용 가방과 빈 병이며 빵 봉지가 뒹굴고 있었습니다. 그냥 지나치려 했는데 외롭게 앉아있는 모습이 문득 안 됐다는 생각이 들었습니다. 주머니를 뒤져 보니 3만 원 가량 있었습니다. 없는 셈치고 그 아저씨께 드리려고 마음먹었습니다. 그런데 다시 생각해보니 아저씨의 자존심을 상하게 할 수도 있다는 생각에 좀 망설여졌습니다.

그 분에게 그저 따뜻한 점심 한 그릇 대접해야겠다는 생각이 들었습니다.

어떻게 얘기를 꺼낼까 고민하다가 거짓말을 했습니다.

"아저씨, 일 때문에 지방에서 여기까지 왔는데 너무 바쁜 나머지 미처 점심을 못 먹었네요. 배는 고픈데 낯선 곳이기도 하고, 혼자 밥 먹기가 어색해서요. 혹시 식사 안 하셨으면 저랑 같이 하시지 않겠어요? 제가 사겠습니다."

아저씨는 선배를 가만히 쳐다보더니, "정말입니까?" 하고 물었습니다. 예상외의 반응에 안심이 된 선배는 아저씨와 중국집에 마주앉아 자장면을 시켰습니다. 조금씩 얘기를 나누기 시작했고 그 아저씨는 얼마 전까지 잘 나가는 회사의 간부로 계시다 뜻하지 않은 구조조정으로 인해 지금에 이르렀다며 더이상은 말하지 않았습니다. 무엇을 하든지 열심히 하라는 말씀만 하셨습니다. 뭔가 할 일이 있다는 것만으로도 행복한 거라면서요.

아저씨가 자장면을 맛있게 드시는 모습을 보니 선배는 덩달아 기분이 좋았습니다. 중국집을 나와서는 "아저씨, 고맙습니다." 라고 인사를 했습니다. 아저씨는 쑥스러워 하시며 "내가 고맙지." 하며 아까보다 더 크게 웃으셨습니다.

헤어지기 전 왠지 자꾸 마음이 쓰였습니다.

"아저씨, 빨리 집으로 돌아가세요. 가족들이 걱정하고 기다리고 있을 거예요."

"……."

아저씨는 그저 고개만 끄덕이셨습니다.

헤어진 후에도 마음에 걸려 뒤를 돌아보았더니, 아저씨는 처음 만났던 지하철 쪽이 아닌 다른 방향으로 가고 있었습니다.

며칠 전 어느 잡지에 실린 인터뷰가 생각납니다.

기자가 노숙자들에게 이렇게 물었습니다.

"만 원이 생기면 가장 먼저 무엇을 하고 싶습니까?"

그랬더니 대부분의 노숙자들은 이렇게 대답했습니다.

"자장면 한 그릇 먹고 싶어요."

그들이 말하는 자장면은 값싸고 배불리 먹을 수 있는 음식을 뜻하는

것입니다.

그들은 처음부터 집과 가족이 없는 노숙자들이 아니었습니다.

저마다 다른 사정으로 그렇게 살아가고 있을 뿐입니다.

차갑게 외면해버리는 우리의 시선이 그들을 더욱 헤어 나오기 힘든

상황으로 내몰아갈지도 모릅니다.

따뜻한 눈길과 미소는 그들에게 희망이 될 수 있습니다.

종이쪽지와
초코파이 두 개

어릴 적부터 아버지는 자주 술에 취해 계셨습니다. 거나하게 취했다 싶으면 어머니에게 화를 내고 손찌검까지 하셨습니다.

처음부터 아버지가 그랬던 것은 아니었습니다. 내가 고등학생이 되던 해 아버지는 관절염이 심해져 더 이상 일을 할 수 없게 되었습니다. 그때부터 늘 술에 빠져 지내셨습니다.

그 날도 아버지는 술에 잔뜩 취해 어머니에게 이유 없이 화를 내고 계셨습니다.

나는 그만 벌컥 소리를 질렀습니다.

"아버지, 제발 그만 좀 하세요. 한두 번도 아니고 자식들에게 부끄럽지도 않으세요?"

"네 엄마 참으로 불쌍한 사람이다. 너희들 엄마한테 잘해야
한다."

엄마한테 잘하라는 아버지의 말에 더욱 화가 치밀어 대들었
습니다.

"매일 그런 말하면서 왜 엄마를 괴롭히고 그래요. 아버지도
잘 하시면 되잖아요!"

그 일이 있은 후 나는 아버지와 마주칠까봐 피해 다녔습니다.

아버지도 술을 전혀 입에 대지 않으셨습니다.

일주일이 지난 어느 날, 학교에서 돌아와 보니 아버지가 다
시 술을 들고 계셨습니다. 어머니는 아버지가 찾으니 어서 가
보라고 몇 번을 말했습니다.

실망이 컸던 나는 방에서 꼼짝도 하지 않았습니다. 결국 안
절부절못하시는 어머니 때문에 안방으로 건너갔더니 아버지
는 이미 잠들어 계셨습니다.

잠든 아버지의 모습은 너무나 쇠약해 보였습니다. 하얗게 쇤
머리카락, 늘어진 눈꺼풀, 푹 파인 볼, 살이 빠져 더욱 좁게 보이
는 어깨, 굳은살이 심하게 박인 손……. 돌아서 나오려던 찰나
에 아버지 옆에 하얀 종이쪽지와 초코파이 두 개가 눈에 띄었습
니다. 그 종이는 얼마나 매만졌는지 너덜너덜해져 있었습니다.

종이를 펼쳐 든 순간 눈앞이 흐려졌습니다.

'내가 사랑하는 아들 우진아, 아버지가 잘못했구나. 정말 미

안하다.'

아버지는 삐뚤삐뚤한 글씨로 그렇게 당신의 마음을 적어 보인 것입니다. 사랑이라는 두 글자를 처음 써보셨을 아버지에게 연민이 느껴졌습니다.

아버지를 피해 다녔던 며칠 동안 마루에 앉아 주머니 속에서 자꾸 무언가를 만지작거리던 아버지의 모습이 떠올랐습니다.

'저도 아버지 사랑해요.'

아버지의 글 아래 그리움을 담아 썼습니다. 그리고는 잘 보이는 곳에 쪽지를 두고 방을 나왔습니다.

그날 이후로 아버지는 달라지셨습니다. 술 드시는 횟수를 줄였을 뿐만 아니라 이유 없이 어머니에게 화풀이를 하던 일도, 손찌검을 하던 일도 없었습니다. 시간이 흐르면서 종종 집안에 웃음소리가 나기도 했습니다.

요즘 나는 아버지가 어머니에게 부드러운 어조로 말하는 모습을 자주 봅니다. 그때마다 이 행복이 언제까지나 우리와 함께 하기를 바라고 또 바랬습니다.

아버지는 잠시도 숨을 돌릴 여유가 없습니다.

가족들의 생계를 책임져야하고 세상의 거친 바람으로부터 가족들을 보호해야하기 때문입니다.

그래서인지 어릴 적 아버지의 어깨는 세상에서 가장 든든하게 느껴졌습니다.

하지만 세월이 흐르고 내가 아버지가 되었을 땐

아버지의 어깨는 흐른 세월만큼이나 쇠약해져 있었습니다.

평생 당신이 아닌 가족들을 위해 헌신했기 때문입니다.

하지만 나는 그동안 이런 아버지의 사랑을 알지 못했습니다.

아버지의 얼굴에 주름이 패고 머리카락이 반백이 되었을 때야 깨달았습니다.

앞으로는 내가 세상의 거친 바람으로부터 아버지를 지켜드려야 할 때임을.

그동안 아버지에게서 받은 사랑을 고스란히 돌려 드려야할 때라는 것을 말입니다.

빵 한 조각의 사랑

어느 마을에 금실이 좋은 부부가 살고 있었습니다.

몹시 가난했던 젊은 시절, 그들의 식사는 늘 한 조각의 빵을 나누어 먹는 것이 고작이었습니다.

그 모든 어려움을 사랑과 이해로 극복한 뒤 지금은 안정된 생활을 할 수 있게 되었습니다. 그들은 결혼 50주년에 파티를 열게 되었습니다. 많은 사람들의 축하 속에서 부부는 무척 행복했습니다.

파티가 끝나고 손님들이 돌아간 뒤 부부는 늦은 저녁을 먹기 위해 식탁에 마주앉았습니다.

부부는 하루 종일 손님들을 맞이하느라 많이 지쳐있었습니다. 그들은 간단하게 구운 빵 한 조각에 잼을 발라 나누어 먹기로 했습니다.

할아버지가 할머니에게 말했습니다.

"빵 한 조각을 앞에 두고 마주앉으니 가난했던 시절이 생각나는구려."

할머니는 고개를 끄덕이며 지난 날의 기억을 떠올리는 듯 잔잔한 미소를 지어 보였습니다.

할아버지는 지난 50년 동안 늘 그래왔듯이 할머니에게 빵의 제일 끝부분을 잘라 내밀었습니다.

그런데 할머니가 갑자기 몹시 화를 내는 것이었습니다.

"역시 오늘 같은 날에도 내게 두꺼운 빵 껍질을 주는군요. 50년을 함께 살아오는 동안 난 날마다 당신이 내미는 빵 부스러기를 먹어 왔어요. 그동안 당신에게 늘 그것이 불만이었지만 섭섭한 마음을 애써 참아왔어요.

하지만 오늘같이 특별한 날에도 당신이 이럴 줄은 몰랐어요. 당신은 내 기분이 어떨지 조금도 헤아릴 줄 모르는군요."

할머니는 마침내 눈물을 흘리고 말았습니다.

할머니의 갑작스러운 태도에 할아버지는 한동안 머뭇거리며 어쩔 줄 몰라 했습니다.

할아버지는 더듬더듬 이렇게 말했습니다.

"당신이 진작 이야기해주었더라면 좋았을 텐데…… 정말 난 몰랐소. 하지만 여보, 바삭바삭한 빵 끄트머리는 내가 가장 좋아하는 부분이었소."

상대방을 향한 배려는 오히려 상처가 될 때도 있습니다.

진정 상대방이 무얼 원하는지,

어떤 생각을 하고 있는지 헤아릴 때

배려는 미소를 주고 희망을 주는 것입니다.

일방적인 생각으로 상대방을 배려해선 안 됩니다.

'내가 좋아하니까 그 사람도 좋아하겠지'

자신의 입장에서가 아닌 상대방의 입장에서

생각하는 마음이 바로 진정한 배려입니다.

긍정의 힘

오래 전 영국의 어느 학교에서 있었던 일입니다.

학기 초에 우수한 아이들로 편성된 학급이 열등한 학급으로, 열등한 학급은 우수한 학급으로 컴퓨터에 잘못 입력되는 일이 발생했습니다.

학교 측은 5개월이 지나서야 학사 관리가 잘못되었다는 사실을 발견했습니다.

당황한 학교 측은 컴퓨터의 오류에 대해 아무에게도 말하지 않은 채 학생들에게 다시 시험을 치르도록 했습니다.

그런데 시험결과가 의외로 놀랍게 나왔습니다.

실제로 우수한 학급의 성적이 크게 떨어졌습니다.

학기 내내 선생님들에 의해 열등하고 학습능력이 부족한 아이들로 여겨져 왔기 때문입니다.

이와 반대로 열등한 학급의 점수는 크게 올라갔습니다.

그 이유는 선생님들이 학생들을 대단히 우수한 아이들로 여기며 교육했기 때문입니다. 뿐만 아니라 그들에 대한 긍정적인 기대감을 늘 표현했기 때문입니다.

너와 나 그리고 우리 · 관심

모든 사람은 세상에 태어날 때

신으로부터 잠재력을 받았습니다.

잠재력은 색깔만큼이나 다양합니다.

누구나 자신이 지니고 있는 잠재력으로

성공의 문을 활짝 열 수 있습니다.

다만 어느 만큼 자신이 잠재력에 대한

긍정적인 생각과 믿음을 가지고 있느냐에 따라

햇살이 가득한 따뜻한 인생을 살 수도 있고

음습한 암흑 같은 인생을 살 수도 있는 것입니다.

10분 맨

그는 자주 만나던 백화점 앞에서 여자 친구와 만나 저녁을 먹기로 약속을 했습니다. 그는 직장에서 하던 일이 빨리 끝나, 평소보다 한 시간 일찍 약속장소에 갔습니다.

그는 특별히 할 일도 없기에 백화점 앞에서 신문을 읽으며 기다렸습니다. 한 시간 가량을 기다려야 한다는 생각에 조금은 짜증이 났습니다.

그러나 좋아하는 그녀를 만난다는 생각에 기쁨이 더 컸습니다.

5분 후쯤 한 남자가 주위를 두리번거리며 누군가를 찾는 듯

했습니다. 주말이었던 터라 그는 누구를 만나러 왔나보다 생각하고는 그냥 대수롭지 않게 넘겼습니다. 그리고는 계속 신문에 눈을 두고 있었습니다. 10분 후쯤 그 남자가 다시 나타나 다시 주위를 두리번거리기 시작했습니다.

'아까 그 사람이잖아. 참 이상한 사람도 다 있군.'

그는 다시 신문을 읽기 시작했습니다.

10분 후 그 사람은 다시 나타났습니다. 그 때부터 그는 그 사람에 대하여 관찰하기 시작했습니다. '도대체 뭐 하는 사람이길래 10분에 한 번씩 나타나서 주위를 두리번거리는 걸까?' 하고 의문이 생겼기 때문입니다.

더욱 신경 써서 관찰한 결과 정확히 10분이면 한 번씩 그 자리에 나타났습니다. 20대 후반으로 보이는 남자는 옷차림은 허름해 보이지만 왠지 모르게 마음이 넉넉해 보였습니다.

남자는 그의 약속시간까지 10분에 한 번씩 여섯 번을 나타나 주위를 두리번거리곤 어디론가 사라지곤 했습니다.

그런데 그날따라 그 여자 친구에게서 20분 정도 더 늦는다고 전화가 왔습니다.

그는 같은 그 자리에서 신문을 읽어 내려가고 있었습니다. 간간이 지나가는 사람들에게 시선을 두기도 했습니다. 또다시 10분 후 여지없이 그 사람이 또 나타났습니다.

'도대체 뭐하는 사람일까? 혹시 정신이 살짝 나간 사람이 아닐까?' 하는 생각이 들었습니다.

그때였습니다. 그 사람이 왔다간 지 얼마 후 한 여자가 빠른 걸음으로 그 장소에 와서는 주위를 두리번거리기 시작했습니다.

분주한 여자의 모습에 약속 시간에 늦었다는 것을 한눈에 알 수 있었습니다. 여자는 초조한 얼굴로 거기에 서있는 사람들을 한명, 한명 자세히 쳐다보았습니다. 그리고는 만나기로 한 사람이 없는지 발을 구르며 어쩔 줄 몰라 하는 듯 했습니다.

그때 저 쪽에서 10분에 한 번씩 나타나던 그 사람이 다가왔습니다.

그는 '10분맨 또 왔군.' 하고 생각했습니다. 여지없이 주위를 두리번거리더니 발을 동동 구르던 그 여자 앞에 오더니 이렇게 말하는 것이었습니다.

"미안해. 내가 너무 많이 늦었지? 주말이라서 그런지 차가 정말 많이 막혀서 어쩔 수 없었어. 미안해서 어떡하지? 내가 사과하는 뜻으로 맛있는 저녁 사줄게."

그제야 그는 그 남자가 왜 10분에 한 번씩 그 자리로 왔는지 알 수 있었습니다. 약속시간에 늦은 여자 친구가 자기에게 미안해 할까봐 10분에 한 번씩 확인했던 것입니다.

사랑하는 사람을 기다리는 시간은 참으로 행복합니다.

그 사람과 약속한 시간이 지나도 짜증나기보다

오히려 마음은 더욱 두근거리기까지 하지요.

약속 시간이 지날수록 그 사람에게 나쁜 일이 생긴 건 아닌지 자꾸만

생각이 그 사람에게로 향합니다.

사랑은 언제나 그 사람을 위해서 기꺼이 자신을 낮춰줍니다.

자신을 낮출수록 그 사람이 높아지는 것.

그 사람을 위해 무엇이든 주고 싶은 것이

진정한 사랑이 아닐까 생각해봅니다.

장미꽃 한 송이

　　　　정순임 씨는 결혼한 지 일 년도 채 안
되어 교통사고로 사랑하는 남편을 잃었습니다.

　야근을 마치고 집으로 돌아오는 길에 대형 트럭이 남편의
차를 들이받은 것입니다.

　순임 씨는 눈물도 나지 않았습니다. 도무지 믿어지지 않았기
때문입니다. 그렇게 정신이 없는 가운데 장례를 치렀습니다.

　많은 사람들이 찾아와 위로의 말을 건넸습니다. 그러나 그
녀에게는 어떤 말로도 위로가 되지 않았습니다. 오히려 남편
을 잃은 데서 오는 고통만 더 클 뿐이었습니다.

　남편과 여름휴가 때 첫 아이를 안고 고향의 바닷가를 찾자

고 했던 약속만 떠올랐습니다.

순임 씨는 임신 중이었습니다. 그래서 더욱 하느님을 이해할 수가 없었습니다. 하루하루 시간이 지날수록 원망만 커져 갔습니다.

가난했지만 착한 마음으로 열심히 세상을 살려고 노력하던 남편이었습니다. 그녀는 남편의 죽음 이후 다니던 교회에 발길을 끊었습니다. 그리고 고통 속에서 아이를 낳았습니다. 그토록 남편이 바라던 대로 딸이었습니다. 그녀는 딸을 안고 남편의 고향을 찾았습니다.

바다가 보이는 산 중턱에 남편은 잠들어 있었습니다. 그녀는 포대기를 열어 남편이 잠든 무덤을 아기에게 보여주었습니다.

남편을 일찍 데려간 하느님이 다시 원망스러웠습니다. 딸을 얻은 기쁨보다 남편을 잃은 슬픔이 더욱 컸기 때문입니다.

"오늘 일요일인데 왜 교회에 가지 않느냐?"

산을 내려오자 시아버지가 그녀에게 물었습니다.

따뜻함이 배인 어조였습니다.

"그냥 가기 싫어서요, 아버님."

"왜?"

"그이를 일찍 데려간 하느님이 원망스러워요."

"이렇게 어여쁜 딸을 주셨는데도 아직 그런 생각이 드느냐?"

"네, 그래도 원망스럽기만 한 걸요."

말도 채 끝내지 못하고 눈물을 글썽거리자 시아버지가 그녀를 마당 앞 꽃밭으로 데리고 갔습니다.

꽃밭에는 장미와 달리아, 채송화와 도라지꽃 등 많은 꽃들이 활짝 피어있었습니다.

꽃을 보며 시아버지가 말했습니다.

"애야, 여기에서 꺾고 싶은 꽃을 하나 꺾어 보거라."

그녀는 가장 아름답게 핀 장미꽃 한 송이를 꺾었습니다.

그러자 시아버지가 다시 입을 열었습니다.

"그것 봐라, 내 그럴 줄 알았다. 우리가 정원의 꽃 중에서 가장 아름다운 꽃을 꺾어 꽃병에 꽂듯이 하느님도 가장 아름다운 인간을 먼저 꺾어 천국을 장식한단다. 그러니 애야, 이제 너무 슬퍼하지 마라."

세상에는 불공평한 일들이 참 많습니다.

선하게 살기 위해 노력하는 사람들에게

온갖 고통과 불행이 닥치기도합니다.

하지만 이런 일들 가운데에서도

우리에게 훈훈함을 전해주는 이야기들도 많습니다.

며칠 전에 읽었던 신문 기사가 생각납니다.

전쟁으로 혼자가 된 한 할머니가

평생 떡볶이를 팔아 번 돈 3억 원을

어느 대학에 기증했다는 내용이었습니다.

기사를 다 읽고 난 순간

'아직도 세상은 따뜻한 곳'이라는 생각이 들었습니다.

이처럼 세상에는 우리가 알지 못하는 따뜻한 이야기들도 참 많습니다.

아내의 편지

늦은 밤에 동욱 씨는 빈 방에서 아내 사진을 하염없이 바라보았습니다. 아내가 암으로 세상을 떠난 지 2년이 흘렀습니다. 동욱 씨는 아내에 대한 그리움과 절망 속에서 마침내 결심했습니다. 아내가 있는 저 세상으로 가기로 한 것입니다.

그는 엉망으로 어지럽혀져 있는 방을 돌아다보았습니다. 더욱 아내의 빈자리가 느껴졌습니다.

"여보, 미안해. 더 이상 견딜 힘이 없어."

아내 사진을 보며 눈물을 흘렸습니다. 그때 잠들어 있던 아들 윤규가 눈을 비비며 깨어났습니다.

"아빠, 안 자고 뭐해? 근데 왜 울어?"

아빠의 흐느낌에 잠을 깬 아들이 아빠 곁으로 다가갔습니다. 이제 겨우 다섯 살이었습니다. 아빠의 절망을, 고통을 이해하기엔 너무 어린 나이였습니다.

"윤규야, 할머니 할아버지 말씀 잘 들어야 한다. 아빠가 보고 싶어도 꾹 참아야 한다. 그럴 수 있지?"

아들은 아버지의 물음에 고개를 끄덕였습니다.

동욱 씨는 출장을 핑계로 아들을 외가에 맡기기로 했습니다. 아무것도 모르는 윤규는 할머니와 할아버지를 만나게 되어 기뻤습니다.

"윤규야, 얼른 할머니와 할아버지한테 인사해야지?"

"안녕하세요!"

그렇게 그는 아들을 외가에 두고 왔습니다. 저녁이 되자 그의 슬픔을 알기라도 하듯이 하늘에서 비가 내리기 시작했습니다.

"여보, 조금만 기다려. 곧 당신을 만나러 갈 테니……."

수면제가 든 병을 들고 그는 아내 사진 앞에 앉았습니다. 잠시 마음의 준비를 하기 위해 아내의 마지막 유품을 정리하기 시작했습니다. 그러던 중에 옷장 깊숙한 곳에서 아내의 일기장을 발견했습니다.

　일기장을 펼치자 '툭!' 하고 편지가 떨어졌습니다. 편지는
아내가 죽음을 예감한 뒤 그에게 남긴 유언이었습니다.

　"내가 세상에서 제일 사랑하는 동욱 씨, 윤규 생일 날마다
꼭 사진관에 가서 사진을 한 장 찍어 주세요. 그리고 화장대
서랍에 꼭 맞는 액자가 있으니까 거기에 넣어 거실에 걸어줘
요. 찬장에 둔 와인은 당신이 마시면 안돼요. 윤규가 태어나던

해 담은 건데, 신혼여행 갈 때 싸서 보내 주세요. 여름에 출근할 땐 썬 크림 바르는 거 잊지 마시구요. 안 그러면 피부가 상해서 지금의 나이보다 더 늙어 보이니까. 그리고 꼭 일 년에 두 번 구충제를 먹어야 해요. 당신도 윤규도 강아지도 함께요. 그리고 마지막으로 꼭 하루에 한 번은 윤규에게 사랑한다고 말해 주세요."

여기까지 읽고 나서 동욱 씨는 울음을 터트리고 말았습니다.

아내의 당부는 계속되었습니다.

"영구치가 나면 치과에 가서 불소치료를 받게 해 주세요. 새 친구가 생기면 어떤 아인지 꼭 만나 보세요."

마지막에는 이렇게 적혀 있었습니다.

"여보, 이것만은 잊지 말아요. 내가 가장 바라는 건 당신이 행복하게 지내는 거예요."

아내의 얼굴이 떠올랐습니다. 그는 더 열심히 살아야겠다는 생각이 들었습니다.

그는 아내의 편지를 품에 안고 한참을 울다가 눈물을 닦았습니다. 그리고 이제 더 이상 울지 않겠다고 결심했습니다.

다음 날 동욱 씨는 윤규를 데려와 곧장 사진관부터 찾았습니다. 카메라 앞에 앉아 미소를 짓고 있는 아들을 보며 앞으로 절대 약한 마음을 먹지 않겠다고 다짐했습니다.

누군가를 사랑한다면

항상 그의 행복한 모습이 보고 싶어집니다.

그래서 그 사람이 행복해질 수만 있다면

무엇이든 아낌없이 주려고 하지요.

사랑은 내가 행복한 것이 아니라

상대방의 행복을 위해 기꺼이 나를 희생하는 것입니다.

사랑은 결국 모두 행복해지는 아름다운 마법입니다.

세상에서 가장
아름다운 두 여인

도형 씨는 어려서 부모님을 여의고 누
나와 힘겹게 세상을 살아왔습니다.

누나는 서른 중반이 되도록 도형 씨의 공부 뒷바라지를 하
느라 시집도 가지 않았습니다. 학력이라곤 초등학교 졸업이
고작인 누나는 택시기사로 일해서 도형 씨를 대학교까지 졸업
시켰습니다.

도형 씨의 누나는 택시 운전을 하는 동안 승차거부를 한 적
이 한 번도 없었습니다. 노인이나 장애인이 차에서 내린 곳이
어두운 길이면 꼭 헤드라이트로 앞길을 밝혀줄 정도로 친절했
습니다. 또한 비록 넉넉한 형편이 아니었지만 매달 고아원에

다 후원금을 보냈습니다.

어느 날 그의 누나는 중앙선을 넘어온 대형 트럭과 충돌해 두 다리를 못 쓰게 되었습니다.

그 당시 도형 씨는 결혼을 앞두고 있었습니다. 결혼을 앞둔 그에게는 너무나 큰 불행이었습니다.

여자 쪽 집안에서는 도형 씨가 불구의 누나와 같이 살겠다면 파혼하겠다고 으름장을 놓았습니다.

그녀도 그런 결혼 생활은 자신이 없다고 했습니다. 급기야 누나와 자신 중에 한 사람을 선택하라는 그녀의 말은 도형 씨의 가슴을 찢어지게 했습니다.

이 세상에서 가장 마음이 따뜻한 여자로 생각했던 그녀의 입에서 그런 말이 나올 줄은 상상도 못했습니다. 모든 일들이 절망으로 느껴졌습니다.

끝내 도형 씨는 그녀와 헤어지고 말았습니다.

시간이 흐르면서 그는 실연의 아픔에서 어느 정도 벗어났습니다.

어느 날 오후, 도형 씨는 누나가 후원하는 고아원을 방문하기 위해 외출을 하게 되었습니다.

길에 나가 한 시간 동안 택시를 잡기 위해 서 있었지만 휠체어에 앉은 누나를 보고는 택시들은 도망치듯 지나쳐갔습니다.

두 사람은 저녁이 되도록 택시를 잡을 수가 없었습니다. 서서히 마음속에서 분노가 치밀었습니다. 그러자 자신도 모르게 눈물이 흘렀습니다.

그때였습니다. 택시 한 대가 두 사람의 앞에 멈추더니 갑자기 트렁크가 열렸습니다.

운전석에서 기사가 내렸는데 놀랍게도 여자였습니다.

도형 씨가 누나를 택시에 안아 태우는 동안 여기사는 휠체어를 트렁크에 넣어주었습니다.

고아원에 도착하자 이미 캄캄한 밤중이었습니다. 휠체어를 밀고 어두운 길을 가는 동안, 여기사는 자리를 떠나지 않고 헤드라이트 불빛으로 길을 환하게 밝혀주었습니다.

그 날 이후로 여기사는 종종 도형 씨의 집 근처 길을 지나다녔습니다. 혹 몸이 불편한 도형 씨의 누나가 외출할 때, 지난번처럼 택시를 잡지 못하고 발만 동동 구르는 건 아닐까 하는 생각에서였습니다.

여기사의 따뜻한 배려로 도형 씨와 그의 누나는 쉽게 외출을 할 수 있었습니다. 그렇게 외출할 때마다 여기사의 택시를 이용하다보니 자연히 두 사람은 가까워졌습니다.

어느 날 따뜻한 마음에 반한 도형 씨가 여기사에게 청혼을 했고 두 사람은 결혼식을 올리게 되었습니다.

지금 도형 씨는 세상에서 가장 아름다운 두 여자와 함께 살
고 있습니다.

사랑에 대해 헤르만 헤세가 말했습니다.

"진짜 유일한 마술, 유일한 힘, 유일한 구원, 유일한 행복

사람들은 이것을 소위 사랑하는 것이라고 부른다."

헤세의 말처럼 사랑은 세상에서 가장 위대합니다.

모든 기쁨과 평화와 행복은 사랑에서 비롯됩니다.

사랑에 빠진 사람은 아름답습니다.

사랑하는 사람의 얼굴에는 어떠한 미움도, 슬픔도 찾아볼 수 없습니다.

자신보다 더 상대방을 위하는 따뜻한 배려만이 가득합니다.

한 자루의 초가 다른 초에 불을 붙이고

마침내 수천 자루의 초에 불을 댕기듯이

한 사람의 진실한 사랑은 다른 사람의 마음을 태워서

마침내는 수많은 사람의 마음을 태웁니다.

화가 맥닐 휘슬러의 어머니

유럽에서 활약한 미국의 화가 맥닐 휘슬러가 있습니다.

그는 미국, 러시아, 파리 등에서 그림을 공부했습니다. 공부와 더불어 끊임없는 노력으로 그만의 독자적인 화폭을 만들어 갔습니다.

어느 날, 검은색과 흰색이 주를 이룬 『미술가의 어머니』라는 그림 앞에서 한 관람객이 말했습니다.

"무엇을 의미하는 겁니까? 온통 검은색만 가득한 그림으로 보이는데요. 혹시 작품 속 인물은 당신의 어머니입니까? 굳이 모델을 나이 든 여인으로 택한 이유라도 있습니까?"

그러자 휘슬러가 대답했습니다.

"제가 사랑하는 어머니의 평상시 모습을 그렸다는 데 의의 가 있는 작품입니다. 검은색 옷을 즐겨 입은 어머니의 자연스 런 모습을 캔버스에 담고 싶었고 또 그렇게 했을 뿐입니다. 혹 시 잘못된 거라도 있습니까?"

화려한 색 대신 검은색과 약간의 흰색이 들어간 그 그림은 젊은 인상주의 화가들에게 색의 대비가 주는 미묘한 차이를 알려 주었습니다.

그런데 영국의 비평가 존 러스킨이 한 기고문에서 그의 작품을 두고 이렇게 비판했습니다.

「그는 대중들에게 한 통의 페인트를 함부로 내던졌다.」

휘슬러는 러스킨을 명예훼손으로 고소했습니다.

휘슬러가 법정에 섰을 때 누군가 그림을 그리는데 며칠이나 걸리냐고 질문했습니다.

그는 주저 없이 대답했습니다.

"저의 일생을 바쳐서 그렸습니다."

그의 대답에 사람들로부터 박수갈채가 이어졌습니다. 그렇게 그는 자신의 명예를 회복했습니다.

휘슬러는 작품을 완성하기까지 얼마나 많은 정성과 순수한 의미를 담느냐에 가치를 둔 화가였습니다.

생전에 대중들에게 외면당한 휘슬러. 하지만 오늘날 그의 그림은 사람들에게 독자적인 화풍으로 인정받고 있습니다. 그것은 그가 자신의 그림에 대한 흔들리지 않는 자부심과 고집을 갖고 있었기 때문입니다.

자신의 일에 자부심을 가져야 합니다.

자부심이 결여되어 있는 사람은

자신의 일에 대해 떳떳하지 못합니다.

반면 자부심을 가지고 있는 사람은

자신의 일이 가치 있는 일이라고 생각합니다.

우리는 가치 있는 일을 할 때

일이 즐겁고 열정을 쏟을 수 있습니다.

뿐만 아니라 스스로 가치 있는 사람으로 느끼게 됩니다.

불운의 재즈 가수

1894년 미국 테네시 주에서 태어난 베시 스미스는 1920년대 '블루스의 여왕'으로 불렸습니다.

그녀는 '재즈 가수'라는 용어조차 생소했던 시절의 블루스를 불렀지만 풍부한 성량과 소박한 창법은 빌리 홀리데이 등 훗날 등장한 많은 여성 재즈 가수들에게 영향을 끼쳤습니다.

누구보다 노래를 잘하는 그녀지만 당시에는 그 실력을 인정하고 받아 주는 곳이 별로 없었습니다.

수년 동안 술집의 밤무대, 소극장 등에서 노래를 불렀습니다. 그러던 중에 우연히 한 레코드사 사장에게 발탁되어 1923년 처음으로 레코드 취입을 하게 되었습니다.

음반 《다운 하티드 블루스》는 200만 장의 경이적인 판매 기록을 세우며 음악사상 첫 히트 곡을 낳았습니다.

그 뒤 10년 동안 160곡을 취입했는데, 이는 재즈 역사상 블루스 가수의 귀중한 자료로 평가되고 있습니다.

그녀는 인종차별에 시달리던 당시 미국 흑인들의 좌절과 희망을 노래했습니다.

또 대담하고 자신만만하여 마이크 없이 노래하는 것으로 유명했습니다.

그러나 초창기 흑인 재즈 가수와 연주자들은 뛰어난 재능에 비해 너무나 불행한 삶을 살았습니다.

특히 베시 스미스의 죽음은 흑인들이 겪어야 했던 심각한 인종차별의 대표적인 이야기로 전해져 내려오고 있습니다.

1937년, 지방 순회공연 중 그녀는 교통사고를 당했습니다.

이미 최고 인기를 누리던 가수인지라 사람들에게 그녀의 얼굴은 잘 알려져 있었습니다. 그럼에도 불구하고 단지 흑인이라는 이유 하나만으로 그 누구의 도움도 받지 못하고 도로에서 서서히 죽어 가야만 했습니다. 응급차가 그녀를 발견했지만 안타깝게도 결과는 마찬가지였습니다.

백인 구조원들은 환자가 흑인임을 확인하는 순간 거친 숨소리로 애원하는 베시 스미스를 내버려 둔 채 응급차를 몰고 왔던 길로 황급히 되돌아갔던 것입니다.

'암' 보다 더 무서운 병은 바로 편견입니다.

편견은 나와 상대방의 사이를 가로막는 장애물입니다.

편견이라는 색안경을 끼고 본다면

겉모습만 볼 뿐 정작 중요한 내면은 보지 못합니다.

사람이든, 사물이든 겉에 드러나는 외형보다 내면이 중요합니다.

편견의 색안경을 벗어버리십시오.

편견은 인간관계를 망칠 뿐 아니라

모든 가능성을 좀먹기 때문입니다.

뒤늦은 후회

폴란드의 한 유대인 마을에 신앙이 깊은 사람들이 살고 있었습니다.

그들은 모두 같은 소망을 갖고 있었습니다. 그것은 다름 아닌 죽기 전에 성지 순례를 한번 다녀오는 것이었습니다.

그들은 모이기만 하면 입버릇처럼 말했습니다.

"올해는 꼭 성지 순례를 다녀올 거야. 한 살이라도 더 젊었을 때 우리의 소망을 이루자고."

그러면서도 그들은 저마다 이렇게 핑계를 댔습니다.

소를 기르고 있던 남자가 말했습니다.

"그런데 말이야. 우리 집 소가 배가 잔뜩 불러왔지 뭐야. 소가 새끼를 낳으면 그땐 꼭 갈 거야."

그러자 농부도 한 마디 했습니다.

"난 신고 갈 구두가 없어서 말이야. 구두만 사면 더 이상 미루지 않고 당장이라도 출발하겠어."

옆에 있던 음악가도 한몫 끼어들었습니다.

"멋진 노래를 부르며 갈 작정인데 기타 줄이 끊어졌어. 아무래도 기타를 새로 장만한 후에 떠나야겠어."

그들은 매일 이렇게 핑계를 대면서 아무도 성지 순례를 떠나지 않았습니다.

그러던 어느 날, 독일군이 쳐들어왔습니다.

그 마을의 유대인들은 모두 집단 강제 수용소로 끌려갔습니다.

그제야 그들은 후회의 눈물을 흘리기 시작했습니다.

소를 기르는 사람은 이렇게 말하며 자신의 행동을 후회했습니다.

"송아지를 낳았는데도 난 성지 순례를 떠나지 않았어. 충분히 갈 수 있었는데……."

농부 역시 지난 날을 후회했습니다.

"난 구두가 없다는 핑계로 가지 않았지. 다른 신발을 신고서도 갈 수 있었는데 말이야."

음악가도 후회하기는 마찬가지였습니다.

"나는 기타 핑계를 댔지. 그냥 노래를 부르면서 갈 수도 있었는데…… 정말 어리석었어."

그들은 다들 입을 모아 지난 날을 뼈저리게 후회했습니다.

"그때 바로 갔어야 했는데! 이젠 가고 싶어도 갈 수가 없어."

'오늘이라는 날은 두 번 다시 오지 않는다.'

'미래를 신뢰하지 마라, 죽은 과거는 묻어버려라.

그리고 살아있는 현재에 행동하리.'

단테와 롱펠로가 남긴 명언입니다.

시간은 쉼 없이 흘러갑니다.

우리가 어떤 일을 하건 하지 않건 간에 아랑곳하지 않지요.

할일이 있다면 당장 실행하십시오.

만약에 내일 하겠다고 하는 사람이 있다면

그는 어리석은 사람입니다.

우리가 마음대로 행동할 수 있는 시간은

오직 현재뿐이기 때문입니다.

용기는 절망 속에서
생겨난다

미국 여성 최초의 노벨문학상 수상자
인 펄 벅 여사. 그녀가 아버지를 따라 중국에서 어린 시절을
보낼 때의 일입니다.

어느 해 심한 가뭄이 들었습니다.

아버지가 먼 여행으로 집을 비운 사이 마을에는 그녀의 어
머니가 신을 분노하게 만들어 가뭄이 계속된다는 소문이 돌았
습니다. 사람들의 불안은 점점 분노로 변해갔고 어느 날 밤 사
람들은 그녀의 집으로 몰려왔습니다.

그 소식을 들은 그녀의 어머니는 집안에 있는 찻잔을 모두
꺼내 차를 따르게 하고 케이크와 과일을 접시에 담게 했습니

다. 그리고 집안의 모든 문을 활짝 열어 두고는 아이들과 함께 거실에 앉아 있었습니다.

마치 오늘을 준비한 것처럼 어린 펄벅에게는 장난감을 가지고 놀게 하고 어머니는 바느질감을 들었습니다.

잠시 후 거리에서 함성이 들리더니 몽둥이를 든 사람들이 열린 대문을 통해 단숨에 거실로 몰려왔습니다.

사람들은 굳게 잠겨 있을 것이라고 여겼던 문이 활짝 열려 있자 좀 어리둥절한 얼굴로 방안을 들여다보았습니다.

그 때 어머니가 말했습니다.

"여러분, 정말 잘 오셨어요. 기다리고 있었답니다. 어서 들어와서 차라도 한 잔 드세요."

그리고 사람들에게 정중히 차를 권했습니다.

그들은 멈칫거리다가 못 이기는 척 방으로 들어와 차를 마시고 케이크를 먹었습니다.

그들은 구석에서 천진난만하게 놀고 있는 아이와 어머니의 얼굴을 한참 바라보다가 그냥 돌아갔습니다.

그리고 그날 밤 그토록 기다리던 비가 내렸습니다.

훗날 어머니는 어른이 된 그녀에게 그날 밤에 있었던 이야기를 해주었습니다.

"얘야, 그날 도망칠 곳이 없는 막다른 골목이 아니었다면 아마 너희들을 데리고 도망쳤을지도 몰라. 하지만 어디에도 갈 곳이 없다는 절망감이 나에게 그런 용기를 주었단다."

평소 자주 어머니는 입버릇처럼 말했습니다.

"용기는 절망 속에서 생기는 거란다."

그 말은 펄 벅 여사가 절망적인 순간에 항상 떠올리는 말이 되었습니다.

추위 속에서 매화가 피듯이

절망 속에서 용기가 솟아납니다.

때문에 절망이라고 해서 모두 부정적인 것만은 아닙니다.

어떤 이는 절망 속에서 내면에 감춰진

잠재능력을 발견하기도 합니다.

또 절망 속에서 기회를 발견해

성공가도를 달리는 이들도 있습니다.

절망보다 더 두려운 것은 포기하는 것입니다.

절망은 언제든 헤어날 수 있지만

포기는 모든 가능성을 잃어버리게 합니다.

때문에 어떤 일이 있어도 포기하지 말아야 합니다.

오히려 절망을 기회로 삼는 긍정적인 마음을 가져야 합니다.

누구나 위대한
사람이 될 수 있다

어느 날 필립이 학교 수업을 마치고 집으로 돌아오는 길이었습니다.

필립은 앞서가던 한 소년이 발을 헛디뎌 넘어지는 모습을 보게 되었습니다.

그 바람에 소년이 들고 있던 책이며 재킷, 축구공, 작은 카세트 녹음기가 길바닥에 흩어졌습니다.

필립은 달려가서 무릎을 꿇고 소년의 흩어진 물건들을 줍는 것을 도와주었습니다. 집으로 가는 방향이 같았기 때문에 필립은 소년의 짐을 나눠 들었습니다. 소년과 함께 걸어가면서 필립은 소년의 이름이 마이크라는 것을 알았습니다. 또한 그

가 컴퓨터 게임과 축구를 좋아한다는 것과 얼마 전에 여자 친
구와 헤어졌다는 사실도 알게 되었습니다.

두 사람은 먼저 마이크의 집에 들렀습니다.

필립은 마이크와 함께 식사를 한 뒤 텔레비전을 시청했습니
다. 잠깐씩 대화를 나누기도 하고 웃기도 하면서 오후 시간을
즐겁게 보낸 뒤 필립은 집으로 돌아왔습니다.

그 후 그들은 학교에서 종종 마주쳤으며 가끔 점심을 같이
먹기도 했습니다.

중학교를 졸업한 두 사람은 같은 고등학교에 진학했습니다.

그리고 그 후에도 자주 만남을 가졌습니다.

어느덧 고등학교 졸업식이 다가왔습니다.

졸업을 일주일 앞둔 어느 날 마이크가 필립에게 말했습니다.

마이크는 여러 해 전 그들이 처음 만났던 때를 상기시키면서 필립에게 다음과 같은 이야기를 했습니다.

"그날 내가 왜 그 많은 물건들을 집으로 가지고 갔는지 넌 궁금하지 않았니? 그때 나는 내 사물함에 있는 물건들을 전부 갖고 왔던 거야. 내 물건들을 다른 사람들이 만지게 하고 싶지 않았거든. 난 어머니가 복용하는 수면제를 훔쳐 한 움큼 모아 놓고, 그날 집으로 돌아가면 자살을 할 결심이었어.

그런데 너와 함께 웃고 이야기 하는 사이에 나는, 만약 자살을 했다면 이런 순간을 갖지 못했을 것이고 앞으로도 다른 순간들을 갖지 못할 것이라는 생각이 들었어. 필립, 네가 그날 길바닥에 떨어진 내 책들을 주워주었을 때 넌 실로 큰일을 한 거야. 넌 내 생명을 구해주었어."

'누구나 위대한 사람이 될 수 있다.

왜냐하면 누구나 남에게 필요한 존재가 될 수 있으니까.

대학을 가고 학위를 따야만 남에게 필요한 존재가 되는 것은 아니다.

학식있고 잘나야만 그렇게 할 수 있는 것이 아니다.

사랑으로 가득한 가슴만 있으면 된다.

영혼은 사랑으로 성장하는 것이니까.'

마틴 루터 킹 2세가 말했습니다.

그렇습니다. 굳이 위대하고 화려한 일이 아니어도 괜찮습니다.

사랑만 있다면 누군가에게 도움을 줄 수 있고

필요한 사람이 될 수 있습니다.

중요한 것은 마음이 사랑으로 차 있느냐는 것입니다.

판도라의 상자

판도라는 하늘에서 땅 위로 내려올 때에 상자를 하나 가지고 왔습니다.

"이 상자는 인간들에게 주는 신들의 선물이다. 그러나 이 뚜껑을 절대로 네 손으로 열면 안 된다."

제우스는 그렇게 말한 후 상자를 판도라에게 주었던 것입니다.

어느 날, 판도라는 상자 속을 들여다보고 싶어 견딜 수가 없었습니다.

'대체 그 상자 안에는 무엇이 들어 있기에 열면 안 된다는 걸까? 속에 무엇이 들어 있는지도 모른 채 다른 사람에게 상

자를 준다는 것은 예의에 어긋나는 일이야.'

　판도라는 너무나 보고 싶은 나머지 제우스의 말을 어기고 살며시 뚜껑을 열었습니다. 그 순간, '펑' 하는 소리와 함께 상자 안에서 하얀 연기와 함께 여러 가지가 쏟아져 순식간에 하늘로 날아올랐습니다.

제일 먼저 아름다운 작은 새가 날아올라 어디론지 사라져 버렸습니다. 신들이 선물한 것들 중에서 가치 있는 것은 거의 모두 이렇게 해서 인간이 볼 수도 가질 수도 없는 하늘로 사라져 버렸습니다.

그 다음부터가 큰일이었습니다. 뒤이어 나온 것은 징그러운 벌레처럼 생긴 것들이었습니다. 그것은 질병과 재앙, 슬픔. 괴로움, 아픔, 미움, 시기하는 마음, 뽐내는 마음이었습니다. 그때까지도 사람들은 이와 같은 나쁜 일들은 전혀 모르고 행복하게 살았습니다. 나쁜 일은 모두 이 상자 안에 갇혀 있었기 때문입니다.

하지만 판도라가 상자 뚜껑을 여는 바람에 나쁜 마음들은 인간들이 언제나 접할 수 있도록 여기저기로 퍼져 나갔습니다.

판도라는 뒤늦게 자신의 실수를 깨닫고 급히 상자 뚜껑을 닫았으나 헛일이었습니다.

판도라는 슬피 울면서 상자 안을 들여다보았습니다.

그런데 이상한 일이 일어났습니다. 텅 빈 줄로만 알았던 상자 안에 아주 작은 것이 하나 꼼지락거리며 움직이고 있었던 것입니다.

판도라는 옷자락으로 눈물을 훔치며 상자 바닥에서 꿈틀거리고 있는 것을 보았습니다. 그것은 놀랍게도 '희망'이었습니다.

우리는 때때로 절망의 벽에 부딪힙니다.

하지만 그럴수록 더욱 희망의 끈을 놓지 말아야 합니다.

희망은 어떤 시련이라도 능히 견딜 수 있게 해줍니다.

희망을 가진 사람은 오히려 시련을 미래를 위한 트레이닝이라고 생각

합니다.

시련이 있어도 절망에게 희망을 빼앗겨선 안 됩니다.

희망이 있는 한 반드시 꿈을 현실로 이룰 수 있기 때문입니다.

오렌지 지혜

스승이 제자에게 도시로 가서 오렌지를 팔아 오라고 말했습니다.

저녁 무렵에 제자는 돌아와서 스승에게 말했습니다.

"도시 사람들은 저에게 기분 나쁘게 대했습니다. 뿐만 아니라 너무 비싸다고 말했습니다. 그런 상황에서 오렌지를 팔 수 없었습니다."

스승이 말했습니다.

"유감스럽게도 너는 오렌지만큼도 지혜롭지 못하구나."

스승의 말에 제자는 입술을 지그시 깨물었습니다.

스승은 오렌지를 손에 쥐고서 물었습니다.

"내가 이 오렌지를 꽉 누른다면 무엇이 나오겠느냐?"

"당연히 오렌지 즙이 나오겠지요."

"그렇다. 내가 망치로 오렌지를 내려친다면 무엇이 나오겠느냐?"

"그거야 마찬가지로 오렌지 즙이 나옵니다."

"그럼 네 입에 넣어 씹는다면 무엇이 나오겠느냐?"

제자는 더 이상 참을 수 없다는 듯이 퉁명스럽게 대답했습니다.

"역시 오렌지 즙이 나올 것입니다."

그러자 스승은 다음과 같이 말했습니다.

"오렌지는 무엇으로 힘을 주든 항상 오렌지 즙이 나온다. 상황이 어떻게 변하든 그에 대해 적절히 반응할 수 있는 힘을 길러야 한다. 그런데 너는 다른 사람에게 책임을 전가하고 핑계를 대는 데만 온 힘을 쏟고 있구나."

주위를 둘러보면 자신의 잘못을 인정하지 않고

책임을 다른 사람에게 돌리는 사람이 있습니다.

이런 사람은 항상 변명을 둘러댈 핑계 거리를 찾고 있습니다.

다른 사람에게 책임을 미룬다면

결코 사람들에게 인정받을 수 없습니다.

오히려 자신의 능력을 펼칠 기회조차 잃어버리게 됩니다.

반대로 자신의 행동에 떳떳하게 책임을 질 줄 아는 사람은

보다 많은 기회를 누리게 됩니다.

온실에서 자란 꽃은

꽃샘추위에도 쉽게 쓰러지고 맙니다.

반면, 야생에서 핀 꽃은

웬만한 추위나 거친 바람에도 꺾이지 않습니다.

우리에게도 시련이나 고통은

삶에 대한 열정을 불어넣어주는 에너지가 되어줍니다.

chapter 02

상대방의 마음을 얻는 힘,

배_려_

과거는 폴폴 날리는 먼지와 같습니다.

먼지를 털어내고 새로운 밑그림을 그리는 것이 중요합니다.
미래는 현재 내가 그리는 밑그림에 따라 달라지는 것이니까요.

자유가 그리웠어요

미국 남북전쟁 전에 있었던 이야기입니다.

남부지역에서는 '노예 단속법' 으로서 노예들의 모든 행동을 옭아맸습니다. 때문에 흑인들은 어떠한 자유도 누릴 수조차 없게 되었습니다. 때에 따라 흑인들은 주인의 가혹한 체벌로 목숨을 잃기도 했습니다.

오하이오 강변에 있는 신시내티 주에는 켄터키 주에서 목숨을 걸고 강을 건너오는 흑인 노예들이 많았습니다.

처음에는 그 수가 많지 않았지만 시간이 지날수록 그 수는 헤아릴 수 없을 정도로 늘어만 갔습니다. 갈수록 심해지는 가

혹한 행위는 노예들을 목숨을 걸고서라도 자유가 있는 북부로
향하게 했던 것입니다.

어느 날 프랜치 판사는 수행원들과 강 주변을 걷고 있었습
니다.

그때 마침 프랜치 판사의 눈에 헤엄을 쳐 건너오고 있는 한
흑인 노예가 들어왔습니다. 소문으로만 듣던 상황을 직접 보
게 된 프랜치 판사는 적잖이 놀라지 않을 수 없었습니다.

프랜치 판사가 흑인 노예에게 물었습니다.

"자네는 왜 목숨을 걸고서 강을 건넜는가?"

"……."

프랜치 판사의 물음에 흑인 노예는 아무런 대답이 없었습니다.

프랜치 판사가 다시 물었습니다.

"주인이 자네에게 호되게 일을 시키던가?"

"……."

흑인 노예는 지친 표정으로 프랜치 판사를 쳐다보았습니다.

"그것도 아니면 도저히 못 먹을 만큼 음식이 형편없었는가?"

판사의 질문에 계속해서 침묵을 하던 흑인 노예가 드디어 대답했습니다.

"아뇨, 하지만 전혀 행복하지 않았어요. 그 무엇보다 자유가 그리웠으니까요."

흑인 노예는 덧붙여 말했습니다.

"우리는 죽도록 일만하다가 죽는 가축이 아닙니다. 우리도 마음이 있고 생각이 있는 인간입니다. 인간으로써 자유를 찾기 위해 죽을 각오를 하고 강을 건넌 것입니다."

순간 프랜치 판사는 얼굴이 확 달아올랐습니다. 그제야 흑인 노예의 마음을 조금이나마 이해할 수 있었기 때문입니다.

행복은 물질보다 내면의 평안함에서 생겨납니다.

좋은 집과 명품 옷, 맛있는 음식이 있더라도

근심이 있다면 행복하기보다 오히려 불행할 것입니다.

따라서 행복의 씨앗은 진정한 마음의 자유라고 할 수 있습니다.

사소한 것에 기뻐하는 마음에서

진정한 행복을 느낄 수 있습니다.

 두 여인

고대 로마의 풍자시인 푸블릴리우스 시루스는 다음과 같이 말했습니다.

"남은 많이 용서하되 자신은 결코 용서하지 말라."

우리는 자신은 쉽게 용서하면서도 남에게는 용서보다 질책이 앞섭니다. 이는 자신의 허물은 보지 못하면서 남의 허물만 찾기 때문입니다.

러시아의 대문호 레프 니콜라예비치 톨스토이는 말했습니다.

"그대에게 죄를 지은 사람이 있거든, 그가 누구이든 그것을 잊어버리고 용서하라. 그러면 그대는 용서한다는 행복을 알 것이다. 우리에게는 남을 책망할 수 있는 권리는 없는 것이다."

상대방의 마음을 얻는 힘, 배려

다음은 톨스토이가 쓴 『돌과 두 여인』의 이야기입니다.

어느 두 여인이 현자에게 가르침을 받기 위해 찾아왔습니다.

현자는 두 여인에게 현재 마음속에 무거운 짐이 되고 있는 죄에 대한 문제를 고백하라고 했습니다.

현자의 말에 한 여인은 이렇게 대답하며 눈물을 흘렸습니다.

"저는 젊었을 때 남편과 헤어진 일이 있었습니다. 그런데 그 일이 너무도 큰 죄로 생각되어 지금도 마음이 괴로워 도저히 견딜 수 없습니다."

그러나 한 여인은 웃으며 당당하게 말했습니다.

"저는 그동안 도덕적으로 살아 왔기 때문에 아무 죄도 지은 일이 없을 뿐 아니라 다른 사람에게 상처를 준 일도 없습니다."

노인은 첫 번째 여인에게 말했습니다.

"지금 당장 밖에 나가 큰 돌 하나를 가져오되 가능한 한 당신이 들 수 있는 큰 것으로 가져오시오."

그리고 두 번째 여인에게는,

"가능한 한 작은 돌들을 가져오되 당신이 들 수 있을 만큼 가지고 오시오."

하고 말을 마친 후 자루 하나씩을 주었습니다.

　두 여인은 노인이 시키는 대로 즉시 밖으로 나가서는 큰 돌과 작은 돌들을 가지고 돌아왔습니다.

　이때에 노인은 다시 말하기를 이번에는 그 돌들이 있던 자리에 다시 갖다 놓고 오라고 했습니다. 그랬더니 큰 돌을 갖고 온 여인은 있던 자리를 알고 있었기에 그대로 그 돌을 제 자리에 갖다놓을 수 있었습니다.

　그러나 작은 돌을 한 자루 담아온 여인은 그대로 그 돌들을 제 자리에 갖다놓을 수가 없어 그대로 들고 들어왔습니다.

　노인은 두 번째 여인을 보며 말했습니다.

　"죄라는 것은 바로 이런 것이오. 큰 죄는 언제나 기억이 되

기 때문에 자신이 죄인임을 깨닫고 사람들 앞에서 겸손해질 수가 있지만, 작은 죄는 속히 잊어버리기에 자기는 죄가 없는 줄 알고 다른 사람들을 비방하기 때문에 더 큰 죄에 빠지게 되는 것입니다."

우리는 자신의 잘못은 용서하지 않더라도 남의 잘못에는 관대해야 합니다. 그러할 때 한층 더 성숙한 삶을 살 수 있기 때문입니다.

우리는 자기 자신도 모르는 사이에

타인의 마음에 상처를 주곤 합니다.

상처를 주는 사람은 사소하게 생각될 수 있지만

상처를 받는 사람의 마음은 고통스럽습니다.

따라서 우리는 가끔 자신을 돌아보아야 합니다.

그리고 자신의 잘못에 대해

시인하고 뉘우치는 마음을 가져야합니다.

어떤 잘못을 했더라도 진심으로 뉘우치는 사람을

용서해주지 않을 사람은 이 세상에 없기 때문입니다.

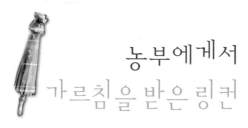

농부에게서
가르침을 받은 링컨

링컨이 어느 한가한 날 시골길을 걷고 있었습니다.

그런데 한 농부가 말을 몰아 쟁기로 밭을 갈고 있는 모습이 보였습니다.

링컨은 농부에게 다가가 인사를 했습니다.

그때 링컨은 말 엉덩이에 많은 수의 파리가 붙어 있는 걸 보았습니다.

말은 파리를 쫓기 위해 안간힘을 쓰고 있었습니다.

그 순간 링컨은 말이 불쌍하다는 생각이 들었습니다. 그래서 파리를 쫓아주기 위해 팔을 휘저었습니다.

상대방의 마음을 얻는 힘·배려

그 때 농부가 링컨을 말리며 말했습니다.

"선생님, 그만 두세요. 그 파리 때문에 이 늙은 말이 그나마 움직이고 있답니다."

링컨은 농부의 말이 쉽게 이해가 되지 않아 물었습니다.

"파리 때문에 말이 움직이다니요?"

농부가 대답했습니다.

"이 말은 늙어서 기력이 많이 떨어졌어요. 그런데 그나마 파리들이 성가시게 해서 말이 파리를 쫓으려고 움직이기 때문에 밭을 가는 거랍니다."

그제야 링컨은 농부의 말이 이해가 되었습니다.

온실에서 자란 꽃은

꽃샘추위에도 쉽게 쓰러지고 맙니다.

반면, 야생에서 핀 꽃은

웬만한 추위나 거친 바람에도 꺾이지 않습니다.

우리에게도 시련이나 고통은

삶에 대한 열정을 불어넣어주는 에너지가 되어줍니다.

소탐대실 小貪大失

장자가 생존해 있던 춘추 전국 시대 말기는 극도의 혼란기였습니다. 연, 진, 조, 위, 제, 한, 초나라 '전국 7웅'을 비롯하여 중국 각지에 포진한 제후국들은 저마다 생존과 성장을 위해 무자비한 전쟁을 벌이고 있었습니다.

장자는 당시 춘추 전국 시대의 인간이 만든 제도와 법에 인간 스스로가 구속되는 상황을 냉정하게 비판했습니다.

그 당시 장자의 무위자연(無爲自然)은 사람들에게 한층 더 깊이 다가갔습니다. 무위자연은 대부분의 사람들이 생각하는 것처럼 세속적인 현실을 벗어나 무작정 세상과 고립되어 살아가는 것을 의미하지는 않습니다.

오히려 복잡한 세상 속에서도 스스로 마음의 안정을 추구하고, 외부의 유혹에 흔들리지 않는 평정심을 갖는 자세를 중요시합니다.

장자는 갈수록 혼란스러워지는 정국에 몸과 마음이 피곤했습니다.

그러던 어느 날 장자가 활을 메고 사냥을 나갔습니다.

하루 종일 산을 돌아다녔지만 작은 새 한 마리 잡지 못했습니다. 그런데 갑자기 이상하게 생긴 까치 한 마리가 머리 위를 날아서 근처의 나뭇가지 위에 앉았습니다.

생긴 모습이 하도 특이해서 까치를 사냥하기 위해 장자는 까치를 노려보며 조심조심 다가갔습니다. 활을 당기고 자세히 보니 까치가 무엇을 뚫어져라 노려보고 있었습니다. 눈길이 닿는 곳을 보니 풀숲 사이에 사마귀 한 마리가 있었습니다.

그런데 그 사마귀는 또 나무 그늘에서 울고 있는 매미를 호시탐탐 노리고 있었습니다.

사마귀도 까치도 눈앞의 먹이에 정신이 팔려 자기가 죽게 되었다는 것은 전혀 생각지도 않고 있었습니다.

장자는 갑자기 한심한 그 미물들이 측은하다는 생각이 들어 그만 활을 거두고 돌아 섰습니다. 그 순간 깜짝 놀랐습니다. 한 사나이가 몽둥이로 자신을 내리치려고 했기 때문입니다.

　사정을 알고 보니, 까치를 따라가느라 정신이 없었던 장자가 남의 밭을 쑥대밭으로 만들어 놓았던 탓이었습니다.

세상에는 나보다 더 뛰어난 사람들이 많습니다.

때문에 내가 가장 잘 났다는 생각은 금물입니다.

다른 사람의 능력을 인정해주고

추켜 세워주는 어진 마음이 필요합니다.

또한 주위를 둘러보는 지혜도 잊어선 안 됩니다.

세상이 나를 중심으로 도는 것이 아니라

내가 세상을 중심으로 돌고 있다는 생각.

이런 생각이 나와 타인, 세상을 한데 어우러지게 합니다.

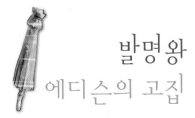

발명왕
에디슨의 고집

에디슨은 축음기, 영사기, 전구 등 무려 1천 3백건이 넘는 발명품을 내놓은 발명왕이었습니다. 하지만 이런 에디슨도 특유의 고집으로 인해 실패를 거듭하다가 말년에는 외롭게 살다가 세상을 떠났습니다.

그는 평소 자주 "몸은 머리를 여기 저기 옮겨주는 데만 필요하다."라고 입버릇처럼 말할 정도로 일 외에는 그 어떤 것에도 관심이 없었습니다.

그는 일흔 살이 넘어서도 잠자는 시간이 고작 하루 4시간에서 5시간으로 늘었을 뿐 여전히 일에 열중했습니다. 그러나 자신의 축음기 회사에 과도한 애착을 느낀 나머지 라디오방송이나 전기식 레코드 플레이어의 시장성을 무시한 것이 그의 실수였습니다.

사람들은 그에게 얼마 후면 축음기 열풍이 식을 거라고 충고했습니다. 하지만 오히려 그는 사람들을 향해 이렇게 말했습니다.

"사람들은 라디오 방송국이 일방적으로 내보내는 프로그램에 곧 싫증내고 우리 회사의 축음기로 음악을 듣고 싶어 할 것입니다."

에디슨의 세 아들은 아버지를 설득하기 위해 애를 썼습니다. 하지만 끝내 에디슨이 고집을 꺾지 않자 몰래 전기식 레코드 플레이어 제조에 나섰다가 에디슨의 분노를 사기도 했습니다.

70대 후반이 되어서야 에디슨은 주변의 충고를 받아들여 축음기 생산을 그만두고 라디오 제조에 나섰습니다. 그러나 2년 후 2백만 달러의 손해를 보고 공장 문을 닫고 말았습니다.

여든 살이 되자 에디슨은 고무 제조에 호기심이 생겼습니다. 미국 내에 자생하는 식물들에서 고무성분을 추출하는 일이었습니다.

에디슨의 부인은 그 당시를 이렇게 회고했습니다.

"남편은 고무에 관한 생각만 하고 고무에 관한 이야기만 하고 고무에 관한 꿈을 꾸었습니다."

　에디슨은 부인에게 "미국은 5년 내에 고무 생산국이 된다."
라고 자신 있게 말했습니다.

　그러나 그가 만든 고무는 천연 고무에 비해 제조 과정이 복
잡하고 무엇보다도 질이 형편없었습니다.

　외롭게 노년을 보내던 에디슨은 결국 1931년 10월 18일 향
년 여든 네 살로 세상을 떠났습니다.

성공한 사람들 대부분은 자신의 일에 대해

강한 신념을 가지고 있습니다.

어떤 시련에도 굴복하지 않는 강한 신념으로 인해

정상의 자리에 오를 수 있었던 것입니다.

또한 그들이 성공할 수 있었던 이유 중의 하나는

주위 사람들의 조언을 무시하지 않고

귀 담아 들었기 때문입니다.

아무리 똑똑한 사람일지라도

혼자의 힘으로 성공하는 사람은 없습니다.

자신의 능력과 주위 사람들의 지혜가 합쳐졌을 때

비로소 성공을 이룰 수 있습니다.

아들의 친구

베트남 전쟁에서 돌아온 한 병사에 관한 이야기입니다.

병사는 샌프란시스코에 도착해서 아버지에게 전화를 했습니다.

"아버지 집에 돌아가게 되었어요."

그러자 아버지는 반가운 목소리로 말했습니다.

"정말이냐? 정말 네가 돌아온단 말이더냐!"

"예, 아버지. 그런데 함께 갈 친구가 있어요."

"그렇게 하려무나. 우리도 그 친구를 만나보고 싶구나."

아버지는 시원스레 대답했습니다.

"우선 아버지께서 아셔야 할 것이 있습니다."

병사가 말을 이었습니다.

"그는 전투에서 심각한 부상을 입었습니다. 지뢰를 밟아서 다리 하나와 팔 하나를 잃었거든요. 그는 갈 곳도 없습니다. 그래서 저는 그와 함께 지내고 싶어요."

그러자 아버지는 이렇게 대답했습니다.

"그거 안됐구나. 애야, 아마 우리가 그 친구가 살 곳을 마련해 줄 수 있을지도 모르겠다."

"그런 뜻이 아니에요. 저는 그 친구와 우리 집에서 함께 살고 싶어요."

뜸을 들인 후 아버지가 말했습니다.

"애야, 너는 지금 네가 무슨 말을 하는지도 모르는구나. 그런 장애가 있는 사람은 어쩌면 우리에게 큰 짐이 될지도 모른다. 우리는 여태껏 우리끼리 잘 살아왔어. 우리는 우리 삶에 그런 어려운 문제가 끼어드는 것을 원치 않는다. 내 생각에는 너만 집으로 오고 그 친구에 관한 것은 없었던 것으로 하면 싶구나. 그는 스스로 살 길을 찾을 수 있을게다."

잠시 후 아들은 아무 말도 없이 전화를 끊었습니다.

그리고 며칠 후, 샌프란시스코 경찰서에서 한 통의 전화가 걸려왔습니다. 경찰관은 그들의 아들로 생각되는 남자가 고층

상대방의 마음을 얻는 힘 _ 배려 _

빌딩에서 추락사 한 것 같다고 말했습니다. 그는 아마도 자살인 것 같다는 말도 덧붙였습니다.

부모는 곧장 비행기를 타고 샌프란시스코로 날아가 자신들의 아들임을 확인했습니다. 하지만 그 순간 그들은 크게 놀라고 말았습니다.

아들이 말한 팔 하나와 다리 하나가 없었던 그 친구가 바로자신들의 아들이었던 것이었습니다.

우리에겐 육체적 장애보다 마음의 장애가 더 심각합니다.

육체적 장애는 타인에게 피해를 주진 않지만

마음의 장애는 타인에게까지 전염시키기 때문입니다.

주위에 누군가가 장애를 앓고 있습니까?

그렇다면 색안경으로 바라보기보다

따뜻한 마음으로 친구가 되어주십시오.

친구보다 더 힘이 되어주는 존재는 없습니다.

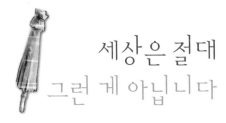

세상은 절대
그런 게 아닙니다

퇴근 시간 즈음에 일기예보에도 없었던 비가 쏟아지기 시작했습니다.

도로 위의 사람들은 비를 피하기 위해 허둥지둥 뛰어다녔습니다.

그녀도 갑작스러운 비를 피하기 위해 어느 건물의 좁은 처마 밑으로 뛰어들었습니다. 그 곳에는 이미 그녀와 같은 처지의 사람들이 서 있었습니다.

비는 그칠 줄을 모르고 오히려 빗방울이 더 굵어지기 시작했습니다. 그때 근처를 지나던 할아버지 한 분이 거센 비를 피하기 위해 처마 밑으로 들어왔습니다. 그리고 중년 아저씨 한 분이 들어왔고 마지막으로 아주머니 한 분이 비좁은 틈으로 끼어들었습니다.

작은 처마는 출근시간의 만원 버스처럼 사람들로 금세 꽉 찼습니다.

사람들은 이 비좁은 틈에 서서 멀뚱멀뚱 빗줄기만 쳐다보고 있었지만 비는 금방 그칠 것 같지가 않았습니다.

그런데 갑자기 뚱뚱한 아줌마 한 분이 이쪽으로 뛰어 오더니 사람들 속으로 비집고 들어왔습니다. 마치 구르는 돌이 박힌 돌을 빼내는 형국과 같았습니다.

아주머니가 큰 몸으로 사람들 틈으로 끼어들었고 그 때문에 먼저 와 있던 그녀가 밖으로 밀려 나갔습니다.

그녀는 어이가 없다는 표정으로 사람들을 쳐다보았습니다.

그러나 모두들 딴 곳을 바라보며 모른 척 했습니다. 그런데 할아버지가 한마디 했습니다.

"아가씨, 너무 원망하지 말게. 원래 세상이란게 다 그런 거라네."

그녀는 물끄러미 할아버지를 쳐다보더니 길 저쪽으로 뛰어 갔습니다. 그리고 오 분쯤 흐른 뒤 그녀가 비에 흠뻑 젖은 채로 비닐우산 다섯 개를 옆구리에 끼고 나타났습니다.

그리고 사람들에게 하나씩 건네주며 말했습니다.

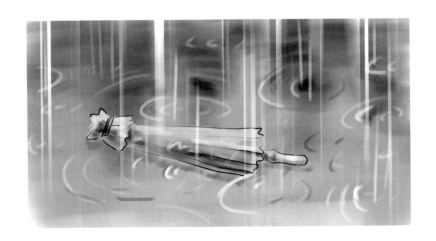

"할아버지, 세상은 절대 그런 게 아닙니다."

그녀는 다시 비를 맞으며 저쪽으로 사라졌고, 사람들은 잠시 멍하니 서 있다가 그녀가 쥐어준 우산을 쓰고 제 갈 길로 갔습니다.

그러나 세상은 다 그런 거라고 말한 할아버지만이 한참동안 고개를 숙이고 있었습니다. 그러더니 우산을 가만히 바닥에 내려놓고는 장대비 속으로 사라져 버렸습니다.

사람들은 돈이면 무엇이든 할 수 있다고 생각합니다.

그래서 돈을 벌기 위해 전쟁처럼 살고 있습니다.

타인은 없고 오로지 '나' 만 있는 이 세상은

얼음처럼 차갑고 금속처럼 딱딱하기만 합니다.

아스팔트에 풀 한 포기 자라지 않듯이

우리가 숨 쉬고 있는 세상에는 절망으로 가득합니다.

하지만 이제부터라도 딱딱한 아스팔트를 걷어내야 합니다.

그 자리에 풀 한 포기, 꽃 한 송이 자랄 수 있도록 씨앗을 뿌려야 합
니다.

더 이상 사랑을, 희망을 방치해선 안 됩니다.

우리가 살아가는 이유는 사랑과 희망 때문이니까요.

원주민들의 지혜

불행의 길로 빠지는 지름길은 욕심의 그릇을 키우는 것입니다. 욕심의 그릇이 크면 클수록 행복하기보다는 불행해지게 마련입니다.

이와 반대로 행복해지기 위해선 욕심의 그릇을 줄여야 합니다. 그러할 때 사소한 것에 감동 받고 기뻐할 줄 아는 소박한 마음으로 변화되는 것이지요. 그러면 진정 삶이 주는 선물, 행복을 맛볼 수 있습니다.

독일의 철학자 칸트는 욕망에 대해 이렇게 말했습니다.

"청년들이여, 욕망을 만족시키려는 것을 차라리 거절하라. 그렇다고 모든 욕망의 만족을 부정하는 스토아학파처럼 하라는 것은 아니다. 모든 욕망 앞에서 한 걸음 물러나 인생의 관능적인 반면을 제거할 힘을 가지라는 것이다. 무엇보다도 오락의 자리에서 즐겨 노는 것을 절제하라. 향락을 절제하면 그대는 그만큼 풍부해질 것이다."

다음은 자제할 줄 모르는 욕심에 대해 일깨워주는 일화입니다.

아프리카의 원주민들이 원숭이를 잡는 방법에 관한 이야기입니다.

야자 열매의 속을 파낸 후 원숭이의 손이 겨우 들어갈 만큼 구멍을 뚫어 오렌지를 넣은 뒤 열매를 봉합니다.

마지막으로 이 열매를 줄에 매달아 놓고 몸을 보이지 않게 숨긴 채 기다립니다.

잠시 후 나무에 매달려 놀던 원숭이가 오렌지의 맛있는 냄새를 맡고는 야자열매 속에 있는 오렌지를 알아차리게 됩니다.

원숭이는 그 작은 구멍 속으로 손을 밀어 넣어 오렌지를 움켜쥐고 끌어내려 애씁니다. 물론 오렌지는 나오지 않습니다. 구멍에 비해 원숭이가 쥐고 있는 오렌지가 너무 크기 때문입니다.

하지만 원숭이는 어리석게도 함정이 있다는 것도 모른 채

계속 끄집어내려고만 합니다. 그렇게 원숭이가 실랑이를 벌이는 동안 사냥꾼들은 망을 던져 쉽게 원숭이를 잡습니다.

원숭이는 오렌지를 움켜쥐고 있는 동안

사냥꾼들에게 붙잡힐 수밖에 없습니다.

지금 당신의 모습은 욕심 많은 원숭이를 닮지 않았나요?

작은 것에 만족하지 못하고 "조금만 더" 하다가

결국 욕심의 노예가 되고 있지는 않습니까?

행복은 마음속에 가득 차 있는 욕심을 버릴 때 누릴 수 있습니다.

당장은 힘이 들고 고통스럽겠지만

마음속의 욕심 그릇을 비워야 합니다.

욕심 그릇이 작으면 작을수록 더욱 더 행복해질 것입니다.

새 구두

　　　　　그녀는 어린 시절에 충수염을 앓아 오랫동안 병원에 입원했던 적이 있었습니다.

　그녀가 입원해 있던 병실에는 자전거를 타다가 교통사고를 당한 어린 소녀가 있었습니다. 소녀는 그 사고로 인해 몇 번에 걸친 대수술을 받았음에도 불구하고 다시는 걸을 수 없게 될 가능성이 높았습니다.

　슬픔에 빠진 소녀는 시간이 흐를수록 우울해지면서 의료진들의 말조차 듣지 않으려 했습니다. 또한 온종일 떼를 쓰며 우는 게 일이었습니다.

　소녀가 유일하게 밝은 표정으로 초롱초롱한 눈망울을 보일 때는 바로 아침 우편물이 도착하는 시각이었습니다. 소녀가 받은 선물은 침상에 누워 있어야 하는 어린이들을 위한 책들이나 게임기, 동물 인형들이 대부분이었습니다.

어느 날 멀리 있는 친척 아주머니로부터 소녀에게 선물이 배달되어 왔습니다.

소녀는 잔뜩 기대한 채 선물 포장지를 조심스레 뜯었습니다. 상자 속에서는 반짝반짝 빛나는 검정색 구두가 나왔습니다.

병실에 있던 간호사들은 소녀에게 들리지 않게 작은 소리로 소곤거렸습니다.

"걷지도 못하는 아이에게 저런 선물을 보내다니 눈치도 없는 어른이야."

하지만 소녀는 간호사들의 말에는 아랑곳하지 않는 눈치였습니다.

소녀는 구두 선물을 받은 날부터 구두 속에 양손을 끼워 넣고는 담요 위에서 이리저리 걷는 연습을 하기 시작했습니다.

그날부터 소녀의 태도는 눈에 띄게 달라졌습니다. 소녀는 간호사들에게 협조적이었으며 물리치료에도 응하게 되었습니다.

어느 날 그녀는 소녀가 퇴원을 했다는 소식을 들었습니다. 무엇보다 기쁜 소식은 소녀가 그 반짝이는 새 구두를 신고 제 발로 병원을 걸어 나갔다는 것이었습니다.

두려움보다 더 무서운 병은 없습니다.

두려움은 할 수 있는 일조차 할 수 없도록 무기력하게 만들기 때문입

니다.

"과연 내가 잘 할 수 있을까?"

"만약에 실패하면 어쩌지?"

이런 생각은 두려움에서 비롯됩니다.

그러니 두려움에게도 천적이 있습니다.

그것은 바로 용기입니다.

용기는 자신을 믿는 마음입니다.

우리는 자신을 온전히 믿을 때

불가능하게 여겨졌던 일들을 해낼 수 있습니다.

 습관의 힘

　　　　어떤 가난한 사람이 마법의 돌에 대
한 정보를 입수하게 되었습니다. 마법의 돌은 여타의 금속을
순수한 금으로 변화시킬 수 있는 조그마한 수정이며, 기록에
는 그 조그만 돌이 흑해의 해변에 있다고 적혀 있었습니다.

　그런데 그 돌은 아주 비슷하게 보이는 수많은 자갈 중에 있
다고 했습니다. 다만, 이 돌을 구별하는 유일한 방법은 온도였
습니다. 이 돌은 보통의 자갈보다 따스하게 느껴진다는 것이
었습니다.

　그래서 그는 가진 것을 모두 팔아 간단히 먹을 수 있는 음식
과 몇 가지 짐을 꾸려 무작정 흑해로 떠났습니다. 흑해의 바닷

가에 이르러 텐트를 치고 자갈들을 하나하나 조사해 나가기
시작했습니다.

그는 자갈을 집어 들어 그것이 차가우면 던져버리기로 하고
차례차례 집어서 바다에 던지기 시작했습니다.

온종일 수많은 자갈을 집어 던지는데 시간을 보냈습니다.
하지만 그가 집어든 자갈 중에 마법의 돌은 없었습니다.

그렇게 일주일, 한 달, 삼 년이 흘렀습니다. 그러나 그때까
지 그는 마법의 돌을 찾지 못했습니다. 그는 그 돌을 찾을 때
까지 그 일을 계속했습니다.

그러던 어느 날 아침, 드디어 그는 하나의 따뜻한 돌을 집어 들었습니다. 그러나 아뿔싸, 그 돌을 집어 들자마자 그는 그것을 습관적으로 바닷물에 던져 버리고 말았습니다.

돌을 바닷물 속에 던지는 '습관'이 그의 몸에 배어 버린 탓이었습니다. 그토록 원했던 것을 얻었음에도 불구하고 그는 오랜 습관으로 인해 그것을 자기 것으로 만들지 못했습니다.

습관이 몸에 배기까지

많은 시간을 필요로 합니다.

하지만 나쁜 습관을 고치는 데는

더 많은 시간을 들여야 합니다.

우리는 어떤 습관을 몸에 들이느냐에 따라

성공적인 삶을 살 수도,

절망적인 삶을 살 수도 있습니다.

때문에 항상 좋은 습관을 몸에 들이는 것이 중요합니다.

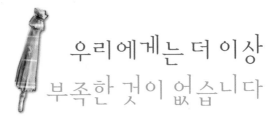

우리에게는 더 이상 부족한 것이 없습니다

영국의 청교도들이 자유를 찾아 낯선 아메리카 땅에 발을 내디뎠습니다. 그때 인디언들은 그들을 따뜻하게 맞아 주었습니다. 욕심 부리지 않고 자연에서 얻은 것을 함께 공유하며 평화롭게 살아가던 인디언들에게 청교도들 또한 자연을 함께 나눌 권리를 가진 형제였기 때문입니다.

미국 북서부의 인디언 부족들은 모두에게 공평한 자연의 섭리를 본받아 자신들의 사회 질서를 따르고 있는 걸로 알려져 있습니다. 인디언 부족들은 해마다 특별한 날을 정해 이웃 마을의 추장과 부족민들을 초대합니다. 그리고 그들은 성대하게 음식을 마련하고 자신들이 가진 것을 선물합니다.

모두가 모여서 즐겁게 먹고 마시며 춤을 추는 사이 잔치 분위기는 한껏 고조되어 갑니다.

그리고 잔치가 절정에 다다랐을 때, 마을의 추장은 사람들을 시켜 그 자리에 마을의 무기와 곡식, 가죽 등을 모으게 합니다.

그러고 나서 추장은 사람들을 향해 이렇게 말합니다.

"우리는 필요 이상의 것을 원해서는 안 됩니다. 자연은 늘 우리에게 아낌없이 주므로 우리에게는 더 이상의 부족한 것이 없습니다. 지금 우리 앞에 쌓인 것들은 진정으로 필요하지 않은, 지나침일 뿐입니다.

이것들은 우리의 마음을 혼란스럽게 하며 자연으로부터 필요 이상의 것을 갈구하는 욕심을 불러일으킬 뿐입니다."

추장의 말이 끝나면 사람들은 눈앞에 쌓인 물건을 모두 두들겨 부수고 불태웁니다. 이렇게 한 마을의 소각 축제가 끝나면 이웃 추장은 자신의 마을로 돌아와 소각 축제를 벌이게 됩니다.

이웃 추장은 자신을 초대했던 부족의 추장과 부족민을 초대해 답례로 정성 어린 대접과 선물을 합니다. 이때 더 많은 재물을 파괴하고 융숭한 대접을 한 부족이 큰 존경을 받았습니다.

다툼은 욕심에서 비롯됩니다.

욕심은 친구를 딛고서라도 성공을 이루려고 합니다.

그리하여 급기야 친구를 적으로 여기기까지 합니다.

이렇게 성공한들 무슨 의미가 있습니까?

그 성공을 위해 소중한 것들을 잃어버렸는데 말이지요.

그 성공이 다른 사람들에게 어떠한 도움도 되지 않는다면

진정한 성공이라고 할 수 없습니다.

하지만 비록 거창한 일은 아니더라도

누군가에게 도움이 되는 일을 하는 사람이야말로

성공하는 삶을 사는 사람입니다.

이유 없이 내린 상

당나라 태종 이세민은 중국의 뛰어난 군주 가운데 한 사람으로 손꼽히고 있습니다. 그는 정치적 결단력뿐 아니라 포용력을 갖춘 군주였습니다.

이세민이 아끼는 신하 가운데 장손순덕이라는 사람이 있었습니다.

그는 이세민이 당나라를 세우는 데 크게 기여한 개국 공신이었습니다. 그런 그가 관직을 이용해 뇌물을 받아 물의를 일으켰던 적이 있었습니다. 당시의 법률대로라면 중벌에 처해야 했지만 태종은 그를 내치지 않았습니다. 오히려 그에게 신하들이 보는 앞에서 비단 열 필을 하사했습니다.

그러자 신하들은 못마땅해서 태종에게 물었습니다.

"왜 장손순덕을 벌하지 않고 비단을 하사하십니까?"

태종이 대답했습니다.

"사람이라면 벌을 받는 것보다 이유 없이 상을 받는 것이 더 괴로운 법이오. 그런 부끄러움을 모른다면 벌을 내린들 무슨 소용이 있겠소?"

태종은 장손순덕 스스로 부끄러움을 깨닫게 했던 것입니다.

그러나 얼마 지나지 않아 장손순덕이 다시 잘못을 저지르자 태종은 그를 관직에서 쫓아냈습니다.

일년 뒤 태종은 공신들의 초상을 둘러보다가 장손순덕이 어떻게 지내는지 궁금해 신하를 시켜 그의 생활 형편을 알아보게 했습니다.

얼마 뒤 장손순덕이 날마다 자책하며 술에 취해 산다는 보고가 올라왔습니다.

태종은 장손순덕이 스스로 잘못을 깨닫고 후회하고 있음을 알자 다시 불러 관직을 내렸습니다. 이것을 본 신하들은 마음 깊이 태종을 향해 충성을 다짐했습니다.

태종은 벌 대신 상을 내리고, '용서'를 통해 신하의 마음을 얻었던 것이었습니다.

누구나 살아가다 실수나 잘못을 저지를 수 있습니다.

그럴 땐 질책을 하기보다 너그럽게 용서해주세요.

질책은 상대방으로 하여금 반발심을 갖게 하지만

용서는 스스로 자신의 잘못을 뉘우치게 하는 힘을 지니고 있습니다.

또한 용서는 상대방과 나와의 관계를 더욱 돈독하게 만들어줍니다.

용서에는 이해와 사랑이 담겨 있기 때문입니다.

뜻 깊 은 선 물

영욱 씨가 어렸을 때 있었던 일입니다.

어느 날 영욱 씨는 부모님과 함께 서커스를 구경하기 위해 매표소 앞에 줄을 서 있었습니다.

입장표를 산 사람들이 차례로 서커스장 안으로 들어가고, 마침내 매표소 앞에는 영욱 씨의 가족들과 다른 한 가족만 남았습니다.

그 가족은 무척 인상적이었습니다. 영욱 씨와 같은 또래 혹은 영욱 씨보다 나이가 적은 아이들이 무려 여섯 명이나 되는 대식구였던 것입니다. 한눈에 그들은 가정 형편이 넉넉지 못하다는 것을 알 수 있었습니다.

그러나 그들이 입고 있는 옷은 비싸진 않아도 깨끗했고, 아이들의 행동에는 조심성이 있었습니다. 아이들은 둘씩 짝을 지어 부모님 뒤에 손을 잡고 서 있었습니다. 아이들은 그날 밤 구경하게 될 쇼와 온갖 동물들, 그리고 온갖 곡예들에 대해 흥분한 목소리로 이야기를 나누고 있었습니다.

아이들의 대화를 통해 전에는 한 번도 서커스를 구경한 적이 없다는 것을 알 수 있었습니다. 그렇다면 그날 밤은 그들의 어린 시절에 결코 잊지 못할 추억이 될 것이 틀림없었습니다.

아이들의 부모님은 자랑스러운 얼굴로 맨 앞줄에 서 있었습니다.

아내는 남편의 손을 잡은 채 다정하게 말했습니다.

"여보, 당신은 정말 자상한 아빠예요."

그러자 남편도 미소 지으며 아내에게 말했습니다.

"당신 역시 훌륭한 어머니요."

이때 매표소의 여직원이 남자에게 몇 장의 표를 원하느냐고 물었습니다.

남자는 자신 있게 말했습니다.

"어린이표 여섯 장과 어른 표 두 장 주시오."

여직원이 입장료를 말했습니다. 그 순간 아이들의 어머니는 눈이 휘둥그레지며 잡고 있던 남편의 손을 놓고 고개를 떨구었습니다. 남자의 입술이 미세하게 떨리기 시작했습니다.

남자는 매표소 여직원에게 다시 물었습니다.

"방금 얼마라고 했소?"

매표소 여직원이 다시 금액을 말해주었습니다. 남자는 그만큼의 돈을 갖고 있지 않은 듯 했습니다.

그때였습니다. 상황을 지켜보고 있던 영욱 씨의 아버지가 말없이 주머니에서 2만 원을 꺼내 바닥에 떨어뜨리는 것이었습니다.

그런 다음 영욱 씨의 아버지는 몸을 굽혀 지폐를 다시 주워 들더니 앞에 서있는 남자의 어깨를 두드리며 말했습니다.

"여보시오, 방금 당신의 호주머니에서 이것이 떨어졌소."

그 순간 남자는 무슨 뜻인지 금방 알아차릴 수 있었습니다. 그는 결코 남의 적선을 요구하지 않았지만 절망적이고 당혹스런 그 상황에서 영욱 씨의 아버지가 내밀어 준 도움의 손길은 실로 큰 의미를 가진 것이었습니다.

남자는 아버지의 눈을 똑바로 쳐다보더니 아버지의 손을 잡았습니다. 그리고 2만 원을 꼭 움켜잡으며 떨리는 목소리로 말했습니다.

"고맙습니다. 이것은 우리 가족들에게 뜻 깊은 선물이 될 것입니다."

말을 마친 남자의 눈에서는 눈물이 글썽였습니다. 그들은
곧 서커스장 안으로 들어갔습니다.

영욱 씨의 가족은 비록 서커스를 구경하지 못했지만

마음만은 따뜻하고 행복했습니다.

대신 누군가가 그 서커스를 행복하게 보았을 테니까요.

살다보면 누구나 한두 번 절박한 상황에 놓이게 됩니다.

그런 순간에 도움의 손길을 내미는 사람은 천사입니다.

오늘 당신이 누군가에게 천사가 되어보는 건 어떨까요?

두 수도승

두 수도승이 순례 길을 가다가 강을 만나게 되었습니다.

그들이 강둑에 이르렀을 때 한 여성이 아름다운 옷을 차려입은 채 서 있었습니다.

그녀는 혼자서 강을 건너자니 두렵기도 하고 옷을 벗고 건널 수도 없어서 그렇게 서성거리고 있는 게 분명했습니다.

고민할 필요도 없이 한 수도승이 그녀를 업고 건너편 강둑까지 데려다 주었습니다.

강둑에 여성을 내려놓고 두 수도승은 발걸음을 재촉했습니다. 그런데 한 시간쯤 지났을 때였습니다. 한 수도승이 다른 수도승에게 비난이 담긴 말을 늘어놓기 시작했습니다.

"여자의 몸에 손을 대는 것은 분명히 옳지 않은 일이오. 그
것은 계율을 어기는 행동이오. 어떻게 수도승의 몸으로 그런
행동을 할 수 있소?"

여성을 업어 강을 건너다 준 수도승은 말없이 듣고 있었습
니다.

그러다가 마침내 동료 수도승을 돌아보며 말했습니다.

"난 그 여성을 한 시간 전에 강둑에 내려놓았습니다. 그런데
왜 형제는 아직도 그녀를 등에 업고 있습니까?"

지난 일은 잊어버려야 합니다.

그렇지 않고 과거에 얽매인다면

현재 속에서 최선을 다할 수가 없습니다.

과거는 폴폴 날리는 먼지와 같습니다.

먼지를 털어내고 새로운 밑그림을 그리는 것이 중요합니다.

미래는 현재 내가 그리는 밑그림에 따라 달라지는 것이니까요.

이노우에 가오루와
어머니

이노우에 가오루는 일본의 근대화를 이끈 명치유신의 주역으로 알려져 있습니다.

그가 젊었을 때 이야기입니다.

어느 날 그는 친구를 만난 뒤 밤늦은 시간에 귀가하고 있었습니다.

그러던 중에 그는 갑자기 나타난 괴한들의 습격을 당하고 말았습니다.

얼마나 심하게 당했는지 온몸에 성한 곳이라고는 한 군데도 찾아볼 수가 없을 정도였습니다.

집으로 업혀 온 그는 형에게 애원 했습니다.

"형, 난 이제 살 가망이 없어. 이렇게 죽을 것이면 어서 이 고통에서 나를 벗어나게 해줘."

차마 들어줄 수 없는 절박함이 담긴 호소였습니다. 죽음이 찾아오기 전에 자신을 죽여 달라는 말이었습니다.

형의 생각에도 이런 상황에서 동생이 다시 살아난다는 것은 불가능한 일이라 생각되었습니다.

하지만 형은 도저히 동생을 죽일 수 없었습니다. 머뭇거리고 있는 형을 향해 동생이 거듭 사정했습니다.

마침내 형은 결단을 내렸습니다. 칼집에서 칼을 뽑아 들었습니다. 그리고 동생의 목을 향해 칼날을 내리치려는 순간이었습니다.

그런데 어찌된 영문인지, 내려쳐야 할 동생의 목은 보이지 않고 쓰러져 있는 어머니가 보였습니다.

그들의 어머니는 이미 짓이겨진 아들의 몸 위로 순간적으로 자신의 몸을 내던진 것이었습니다. 결국 어머니의 사랑 때문에 동생의 소원은 들어 줄 수 없게 되었습니다.

그 후 이노우에는 어머니의 헌신적인 간병과 정성어린 의사의 치료로 되살아나게 되었습니다. 그리하여 훗날 일본의 역사적 인물로 한 몫을 담당할 수 있었습니다.

'어머니가 아버지보다 자식에 대해

더 깊은 애정을 갖는 이유는

자식을 낳을 때의 고통을 겪었기 때문이다.'

어느 책에서 읽은 문장입니다.

자식을 향한 어머니의 헌신은 끝이 없습니다.

자신은 고통 속에서 살지라도

자식만큼은 행복하게 살기를 바라는 사람이

바로 어머니입니다.

세상에 어머니가 베푸는 사랑보다

더 헌신적인 사랑이 또 있을까요.

여인의 원망

다음은 이항복이 영의정 자리에 있을 때 있었던 이야기입니다.

이항복은 임진왜란을 승리로 이끄는데 매우 중요한 역할을 한 인물입니다.

"물러 서거라!"

어느 날 하루 일과를 마치고 퇴궐하여 돌아가는 길이었습니다. 임금 다음으로 지체가 높은 영의정 대감의 행차여서 앞서 가는 하인들의 위세가 당당했습니다. 하인들의 목소리가 들려 오자 백성들이 모두 길을 비켜주었습니다. 그런데 한 여인이 머리에 광주리를 이고 있다가 미처 길을 피하지 못했습니다.

그러자 한 하인이 방망이로 여인이 이고 있는 광주리를 내리쳤습니다. 그 순간 팔다 남은 듯한 참외 몇 개가 우르르 나뒹굴었습니다.

"이런 무엄한지고! 어서 냉큼 바닥에 엎드리지 못할까!"

이항복은 하인들의 일에 끼어들기 싫은 나머지 먼 하늘만 바라보고 있었습니다. 하지만 집에 돌아온 그는 모든 하인들을 불러 모아 그날 일에 대해 심하게 야단을 쳤습니다.

"너희들이 한 가지라도 잘못을 하면 그 잘못은 곧 내 잘못이 된다. 내가 정승이니 백성 누구라도 억울함을 당하면 그 원망이 누구에게 돌아오겠느냐? 바로 내가 아니겠느냐?"

하인들을 모아 놓고 야단을 치고 있는데 어디선가 여인의 목소리가 들려왔습니다.

"야, 이놈아!"

고개를 들어 보니 담 너머에서 낮에 길에서 마주쳤던 그 여인이 고래고래 소리를 지르고 있었습니다.

"내 말 똑똑히 들어라!"

이항복은 서둘러 하인들을 흩어지게 한 후 여인의 말소리에 귀 기울였습니다.

여인의 말소리는 계속 이어졌습니다.

"머저리 같은 종놈들을 시켜 여인네의 광주리를 내려치는 법이 있다더냐? 어찌 힘없는 백성들의 참외 쪽을 깨뜨리느냐 말이다! 그리고도 당신이 이 나라 정승이란 말이더냐? 백성 살릴 생각은 하지 않고 백성들에게 위세를 부리는 생각만 하는 것이 정녕 정승이더냐?"

하인들은 여차하면 뛰어나갈 자세로 발을 굴렀습니다.

마침 그때 한 손님이 와있었습니다. 그 소리를 듣고 있기가

민망했던지 이항복에게 조용히 물었습니다. :

"어찌 저런 악담을 듣고도 내버려 두십니까?"

"내 잘못으로 빚어졌는데 어찌 내가 나서서 그만두라고 할
수 있겠소."

분이 풀리지 않은 여인은 계속 소리를 질러대고 있었습니다.

"아직도 화가 안 풀린 모양이오."

여인의 고함 소리가 끝없이 이어지자 오히려 이항복이 포기
하고 안으로 발길을 돌렸습니다.

"내가 역시 복 하나는 타고 태어난 모양이지, 아직도 욕 얻
어먹을 복이 남아 있으니……."

그 일은 금세 온 마을 사람들이 알게 되었습니다. 그러자 사
람들은 하나 같이 이렇게 말했습니다.

"참으로 그는 도량이 넓은 재상이다."

그는 언제나 백성 위에 군림하는 법이 없었습니다. 마땅히
백성의 소리를 들어 살필 줄 아는 인물이었습니다.

책임의 이면에는 권한이 있습니다.

때문에 잘못에 대해 책임을 지는 사람은

자신의 권한을 지키는 사람입니다.

하지만 잘못에 대해 변명하는 사람은

자신의 권한을 포기하는 것과 같습니다.

자신의 잘못을 인정하는 일은 말처럼 쉽지 않습니다.

자존심을 버릴 때 비로소 가능한 일이기 때문입니다.

이사관과 정순 왕후

조선 영조 때 사람 이사관은 어려서부터 총명하여 열세 살에 이미 사서삼경을 통달하여 신동으로 이름을 떨쳤습니다. 과거에도 장원을 차지하여 일찍부터 사람들로부터 정승 재목이라고 칭송이 자자했던 인물이었습니다.

그가 동부승지로 있다가 잠시 물러나 한가롭게 지내고 있을 때였습니다.

하루는 급한 볼일이 생겨 고향인 충청도 한산으로 발길을 재촉하고 있었습니다. 예산 부근을 지나고 있을 때였습니다.

마침 길 한가운데에서 오도 가도 못하고 있는 가마를 만나게 되었습니다. 알고 보니 충청도 면천 사람 김한구와 그의 부인이 타고 있는 가마였습니다.

부인이 마침 친정으로 향하다가 해산을 했는데 인가가 멀리 떨어져 있어서 애를 태우는 중이었습니다. 게다가 날씨마저 혹독하게 추운 데다 노잣돈마저 떨어졌습니다.

일이 몹시 급하게 된 것을 안 이사관은 우선 입고 있던 수달피 덧옷을 벗어서 산모와 갓난아이의 몸을 추위로부터 가려주었습니다. 그리고 자신이 직접 이들을 멀리 떨어져 있는 주막까지 안내해 며칠 동안 묵어갈 수 있게 노잣돈까지 보태주었습니다.

그 후 16년의 긴 세월이 흘렀습니다.

정성 왕후를 사별한 영조가 다시 계비를 맞아들이게 되었습니다. 이때 많은 후보들 중에서 간택된 처녀가 바로 16년 전 이사관이 구해주었던 김한구의 어린 딸이었습니다.

영조 임금은 왕비가 몹시 가난했던 것을 알고 왕비에게 물었습니다.

"혹시 기억에 남는 은인이 있으면 내게 말하시오. 내가 왕비 대신 그 은혜를 갚아주겠소."

왕비는 곧 이사관의 얘기를 들려주었습니다.

그렇지 않아도 이사관의 재능을 믿었던 영조는 더욱 그를 신임하게 되었습니다. 그리하여 이사관은 마침내 정승의 자리에까지 오르게 되었습니다.

　사람들은 뒷날 이 같은 사실을 알고 선행을 베푼 이사관이나 은혜를 갚은 정순 왕후에 대해 칭송하기를 인색하지 않았습니다.

어려운 사람을 도와주는 것은

훗날을 위해 보험을 드는 것과 같습니다.

자신이 어려울 때 과거에 은혜를 입었던 사람이

어떤 도움의 손길을 내밀지는 알 수 없기 때문입니다.

하지만 누군가를 도움에 있어 꼭 보답을 받지 못해도 좋습니다.

누군가를 도울 수 있다는 것만으로도 행복한 일이기 때문입니다.

뱀의 머리와 꼬리

어느 날 뱀의 머리와 꼬리가 싸우게 되었습니다.

꼬리가 머리에게 말했습니다.

"어째서 나는 노예처럼 항상 너의 뒤만 졸졸 따라다녀야 하니? 이것은 너무 불공평해!"

머리가 꼬집어 말했습니다.

"꼬리야! 너는 앞을 볼 눈도, 행동을 결정할 두뇌도 없잖아? 나는 나 자신을 위해서가 아니라 너를 진정으로 생각하기에 단지 앞에서 길을 안내하는 것일 뿐이야."

그러자 꼬리가 비웃으며 말했습니다.

"너의 그런 말에는 이젠 싫증이 나. 너는 항상 핑계만 대고 있어."

머리가 고개를 흔들며 말했습니다.

"너의 역할이 그렇게 불만이라면 어디 한번 네가 내 역할을 해봐."

꼬리는 기뻐하며 앞장서서 움직이기 시작했습니다.

그러나 얼마 가지 못하고 금방 도랑에 떨어져 버렸습니다.

뱀은 머리의 도움으로 겨우 도랑에서 빠져 나올 수 있었습니다.

꼬리는 다시 앞장을 섰습니다. 하지만 이번에도 얼마 가지 못하고 가시덤불 속에 빠져 버렸습니다.

뱀은 머리의 노력으로 다시 가시덤불을 벗어났습니다.

꼬리는 다시 앞장을 서서 나아갔습니다.

이번에는 불길 속으로 들어가 버렸습니다. 몸이 점점 뜨거워지자 뱀은 두렵기 시작했습니다.

상황이 다급해지자 또 머리가 나섰습니다.

하지만 이미 때는 늦은 뒤였습니다. 뱀은 불길을 견디지 못하고 타버렸고 머리도 함께 죽고 말았습니다.

결국 머리는 꼬리의 무모함 때문에 죽은 것이었습니다.

'적재적소' 라는 말이 있습니다.

이 말은 재능을 가진 사람에게

알맞은 일을 맡기는 일을 뜻합니다.

저마다 자신이 가장 잘하는 분야가 있습니다.

자신이 잘하는 일을 할 때

그 일에서 최고가 될 수 있습니다.

반대로 잘 맞지 않는 일이라면

잘하지도 못할뿐더러 금세 싫증이 날 것입니다.

따라서 자신에게 맞지 않는 일에

욕심 부리지 말아야 합니다.

자신에게 맞는 일을 할 때 가장 행복합니다.

왕의 여인에게
입을 맞춘 장수

궁궐에서 잔치를 벌이고 있을 때였습니다.

왕과 신하가 흥겨운 마음으로 잔치를 즐기고 있을 때 느닷없이 불이 모두 꺼져버렸습니다.

이 순간을 틈타 누군가가 왕이 가장 총애하는 여인에게 입을 맞추었습니다.

깜짝 놀란 여인은 얼떨결에 자신에게 입을 맞춘 신하의 갓끈을 잡아뗐습니다. 그리고 분한 목소리로 왕에게 말했습니다.

"전하, 지금 어느 놈이 신첩에게 입맞춤을 하기에 그 놈의 갓끈을 잡아떼어 놓았나이다. 어서 그 놈을 잡아내 중벌을 내려주소서."

그러나 왕은 이렇게 말하는 것이었습니다.

"지금 당장 이 자리에서 갓끈을 떼지 않는 자가 있으면 용서치 않겠다!"

왕의 호령에 신하들은 어리둥절하면서도 모두 서둘러 갓끈을 떼어냈습니다. 얼마 후 다시 불을 켜 주위는 밝아졌으나 모두가 갓끈을 떼어 냈기 때문에 입맞춤을 한 신하를 가려낼 방법이 없었습니다.

다시 왕이 말했습니다.

"나의 여인에게 입을 맞춘 무례한 놈은 살려둘 수 없다. 허나, 그 범인이 누구인지를 알 수가 없으니 이번만은 없던 일로 하겠다. 그러니 그대들은 더 이상 그 일에 신경 쓰지 말고 계속 잔치를 즐기도록 하라!"

그 후 몇 년이 지나 나라에 위급한 일이 닥쳤습니다. 호시탐탐 기회를 노리고 있던 이웃 나라가 수많은 군사를 이끌고 쳐들어온 것이었습니다. 나라가 위기에 처한 마당에 왕이라고 가만히 있을 순 없었습니다. 하지만 어떤 방법으로도 이웃나라의 대군을 막기에는 역부족이었습니다. 그때였습니다. 한 장수가 한 무리를 이끌고 나타나 적군을 무찌르기 시작했습니다.

참으로 용맹한 장수와 군사들이었습니다.

그 장수와 군사들에 의해 적군을 물리칠 수 있었습니다.

감격한 왕이 물었습니다.

"아니, 이럴 수가! 이게 도대체 어찌된 일이오? 그리고 장군은 도대체 누구요?"

그러자 그 장수는 왕 앞에 무릎을 꿇고는 눈물을 흘리며 말했습니다.

"전하께서 저에게 베푼 은혜를 오늘에야 조금 갚았을 뿐입니다. 몇 년 전 궁에서 베푼 연회를 기억하시는지요? 제가 바로 그날 폐하의 여인에게 입맞춤을 한 사람입니다. 그러나 그때 폐하께서는 죄를 묻지 않으시고 저의 죄를 면해주셨습니다. 전하의 은혜로 인해 저는 죽음을 면할 수 있었습니다. 그리하여 폐하께 목숨을 바칠 기회가 있을 것이라 생각하고 틈틈이 군사들을 훈련시켰습니다."

"용서할 줄 알아야 사랑할 줄도 안다.

용서는 내면의 평화를 열어 주는 열쇠다.

용서하는 마음은 덕을 쌓는 일이다.

친구를 용서하는 것보다 원수를 용서하는 것이 훨씬 쉬운 일이다.

먼저 용서하라, 먼저 용서하는 사람이 이기는 것이다.

용서하라, 용서하지 못해 자신의 하루를 망치지 말라.

용서가 늦으면 승리는 상대에게 넘겨진다.

용서도 화풀이의 방법이다.

용서 받는 사람보다 용서하는 사람이 되어라."

송나라 때 쓰인 《경행록》에 나오는 한 대목입니다.

용서보다 더 강한 설득력을 가진 회초리는 없습니다.

질책은 관계를 악화시키지만

용서는 관계를 더욱 돈독하게 해줍니다.

뉴욕을 변화시킨 칭찬

두 사람이 뉴욕에 도착하였습니다.

뉴욕은 연일 무더운 날씨로 푹푹 찌고 있었습니다. 그날따라 뉴욕의 거리는 차들로 넘쳐났고, 교통체증은 풀릴 기색을 보이지 않았습니다.

두 사람은 택시를 타고 목적지를 향해 가고 있었습니다.

택시기사는 교통체증에 대해 매우 화가 나 있었습니다. 양보운전은 고사하고 주변에 대해 욕설을 퍼붓고 있었습니다. 시간이 지날수록 택시기사의 운전은 거칠어져만 갔습니다.

난폭운전이 계속되자 한 사람이 기사에게 말했습니다.

"아저씨, 참 고생이 많으시네요. 힘드시죠?"

순간 기사는 뜻밖에 말을 들은 듯 놀란 표정을 지었습니다.

대부분의 택시기사들은 난폭 운전에 대한 항의나 교통 체증에 대한 욕설을 듣기 때문입니다.

그는 곧 이어서 말했습니다..

"운전을 참 잘하시네요. 기사님처럼 운전을 잘하는 택시기사님은 처음 봅니다."

그 기사의 얼굴이 점차 풀어지기 시작했습니다.

"이런 복잡한 도시에서 운전을 하는 일은 아무나 할 수 있는 일이 아니죠, 정말 대단하십니다."

그 사람의 칭찬은 계속 되었습니다. 처음에는 이 사람이 왜 이러나 했던 기사는 점차 마음이 녹아서 미소를 짓기 시작 했습니다.

"가끔 힘드실 때 어디서 쉬십니까?"

기사가 드디어 입을 열었습니다.

"저 강변에 가끔 가서 쉽니다. 사람들도 그리 많지 않아 조용하게 쉴 수 있어요. 또 그 앞에 보면 샌드위치 맛이 끝내주는 식당도 있거든요."

"아, 그렇군요. 언제 기회 되면 그 곳에 한번 가봐야겠어요."

이윽고 기사는 콧노래까지 부르면서, 지나가던 같은 택시운전사에게 손 인사를 건네고 다른 차에게 차선을 양보하기도 했습니다.

목적지에 도착해서 두 사람은 내렸습니다.

나머지 한사람이 의아한 투로 물었습니다.

"왜 쓸데없이 기사에게 칭찬을 하고 그러나?"

"자네 눈으로 보지 못했는가? 내가 방금 뉴욕을 변화시키는 것을 말일세."

그는 더욱 놀란 눈을 하고서 물었습니다.

"뉴욕을 변화시켰다니 무슨 말이야?"

"나의 말에 방금 난폭하게 하던 기사의 운전이 부드러워지지 않았나? 그리고 경직된 얼굴에 미소도 돌고, 이게 바로 뉴욕을 변화시킨 거지. 안 그런가?"

그리고 덧붙여 말했습니다.

"아마 앞으로 그 택시를 타는 손님들도 유쾌한 기분이 들 걸세. 이렇게 한 사람 한 사람 바뀌어 가다보면 언젠가 뉴욕 전체가 변화되지 않겠는가?"

말 한 마디가 갖는 힘은 무시할 수 없습니다.

말 한 마디에 상대방의 기분이

즐거울 수도 상할 수도 있기 때문입니다.

상대방의 마음을 아프게 하는 말보다

용기와 희망을 주는 말과

배려하는 말을 하는 사람이 되십시오.

상대방은 물론 자신까지

여유로워지고 희망으로 가득 찰 것입니다.

이솝의 일화

이솝이 어렸을 때의 이야기입니다.

이솝의 주인은 훌륭하기로 소문난 학자였습니다.

어느 날 주인이 이솝에게 말했습니다.

"애, 이솝아, 목욕탕에 가서 사람이 많은지 보고 오너라."

이솝은 목욕탕으로 갔습니다. 그런데 목욕탕 문 앞에 끝이 뾰족한 큰 돌이 땅바닥에 박혀 있는 것이었습니다. 그래서 목욕탕으로 들어갔던 사람이나 목욕하고 나오는 사람 모두가 그 돌에 걸려 넘어질 뻔했습니다.

어떤 사람은 발을 다치기도 하고 어떤 사람은 코가 깨질 뻔했습니다.

"이런, 빌어먹을!"

사람들은 돌에 대고 마구 욕을 퍼부었습니다. 그러면서도 누구 하나 그 돌을 치우는 사람이 없었습니다.

'사람들도 한심하지. 어디, 누가 저 돌을 치우는지 지켜봐야지.'

이솝은 목욕탕 앞에서 돌만 지켜보고 있었습니다.

"에잇! 빌어먹을 놈의 돌멩이!"

여전히 사람들은 돌에 걸려 넘어질 뻔하고는 욕설을 퍼부으며 지나갔습니다.

얼마 후에 한 남자가 목욕을 하러 왔습니다. 그 사나이도 돌에 걸려 넘어질 뻔했습니다.

이솝은 여전히 그 남자를 지켜보고 있었습니다.

"웬 돌이 여기 박혀 있지? 지나다니는 사람들이 걸려 넘어지겠군."

그 사나이는 단숨에 돌을 뽑아냈습니다. 그리고 손을 털고 나서 목욕탕 안으로 들어가는 것이었습니다.

이솝은 그제야 일어서더니 목욕탕 안에 들어가 사람 수를 헤아려보지도 않고 그냥 집으로 달려갔습니다.

이솝은 주인에게 이렇게 말했습니다.

"선생님, 목욕탕 안에 사람이라곤 한 명밖에 없습니다."

남을 위해 배려할 줄 아는 사람을 만나면 마음이 따뜻해집니다.

배려는 먼저 남의 입장에서 생각하는 마음입니다.

요즘 세상은 경쟁으로 숨 가쁘게 변해가고 있습니다.

그래서 마치 풀 한 포기 나지 않는 삭막한 사막에 사는 듯 합니다.

배려는 너와 나의 경쟁이 아닌 서로 공존하는 마음을 가지게 합니다.

이런 배려는 각자의 마음속에 사랑의 불쏘시개가 됩니다.

지금부터라도 자신보다 주위 사람들을 돌아보았으면 합니다.

그리하여 따뜻하고 행복한 세상이 되었으면 좋겠습니다.

3초의 여유

엘리베이터를 탔을 때 닫기 버튼을
누르기 전 3초만 기다려 주세요.
누군가가 정말 다급하게 오고 있을지도 모릅니다.

출발신호가 떨어졌는데도 앞 차가 서 있다면
클랙슨을 누르지 말고 3초만 기다려 주세요.
그 사람은 인생의 중요한 기로에서 갈등하고 있는지도 모릅
니다.

차 안에서 고개를 내밀다가 한 아이와 눈이 마주 쳤을 때

3초만 그 아이에게 손을 흔들어 주세요.

그 아이가 크면 분명 내 아이에게도 그리 할 것입니다.

친구와 헤어질 때 그의 뒷모습을 3초만 바라봐 주세요.

행여 가다가 돌아봤을 때 환하게 웃어 줄 수 있을 것입니다.

아내가 화가 나서 잔소리를 하더라도 3초만 미소 지으며 들어주세요.

저녁엔 넉넉한 웃음이 밥상 가득 피어오를지도 모릅니다.

대부분의 사람들은 '빨리 빨리 병'에 걸렸습니다.

무슨 일이든 빨리 하지 않으면 성에 차지 않습니다.

그래서 잠시 멈춰 서서 주위를 돌아볼 여유도 없지요.

급한 마음은 인생이 주는 행복을 느낄 수 없습니다.

여유를 가질 때 예쁜 꽃들을 바라볼 수도

새들의 노래 소리를 들을 수도 있습니다.

조금만 여유를 가져 보십시오.

여유는 따분한 인생에 행복을 선물합니다.

"내가 성공을 했다면, 오직 천사와 같은 어머니의 덕이다."

어머니는 세상에서 가장 선한 천사입니다.

세상의 그 무엇도 어머니의 사랑에 비하진 못합니다.

모든 사람이 비난하고 욕하더라도

어머니는 오히려 따뜻하게 감싸 안아줍니다.

자식을 위해서라면 어머니는 자신의 모든 것을 희생합니다.

이처럼 어머니는 한 평생 자식만을 위하다 눈을 감습니다.

chapter 03

우리가 살아가는 이유,

희_망_

행복을 사치한 생활 속에서 구하는 것은
마치 태양을 그림에 그려놓고
빛이 비치는 것을 기다리는 것과 다름없다.

찰스 굿이어의
성공비결

　　인간은 신이 아니기에 늘 부족한 존재
입니다. 그래서 종종 실수를 통해 깨닫고 조금씩 나아지지요.
그런데도 사람들은 실수에 대해 그리 관대하지 못합니다. 누
군가 실수라도 했다면 곱지 않은 시선으로 바라봅니다. 그러
나 지금 우리가 누리는 문명이 이런 실수에 의해 조금씩 발전
해왔다는 것을 부인하지 못합니다.

　10년 동안 '고무바퀴에 대한 실험'에 매달린 사람이 있었습
니다. 그 당시에는 나무와 쇠로 된 모든 바퀴에는 안전장치가
없었습니다. 그래서 많은 사람들이 사고로 죽거나 다치는 일

이 많았습니다. 이런 모습을 보며 그는 '어떻게 하면 바퀴에 안전장치를 마련할 수 있을까' 하고 골똘하게 생각했습니다. 그러나 아무리 많은 생각과 연구를 거듭해도 뜻대로 되지 않았습니다.

그는 수많은 실패에도 포기하지 않는 강인한 의지력의 소유자였습니다. 매일 '성공은 가장 끈기 있는 사람에게 돌아간다.'라는 생각을 품고 성공을 향해 연구에 심혈을 기울였습니다.

어느 날 그는 우연히 고무에 황을 섞어 실험을 하던 중에 실수로 그만 고무 덩어리를 난로 위에 떨어뜨리고 말았습니다.

하지만 놀랍게도 고무는 녹지 않고 약간 그슬리기만 했을 뿐이었습니다. 그렇게 해서 그는 그토록 바라던 고무타이어를 만들게 되었습니다.

하지만 천연고무로 만든 고무 타이어는 냄새가 많이 날뿐 아니라 더운 날에는 쉽게 녹는 단점이 있었습니다. 또, 겨울에는 쇠처럼 단단해져 사용할 수 없었습니다.

그는 여기서 아이디어를 얻어 고무에 황을 섞어 적당한 온도와 시간으로 가열하면 고무의 성능을 크게 높일 수 있다는 사실을 알게 되었습니다.

그리고 마침내 1839년, '가황 처리법'을 개발해 세계 최초로 고무 타이어를 만들게 되었습니다.

이 방법은 곧 잠수복, 의복에 들어가는 고무줄 등 생활에 필요한 많은 것들에 응용되어 편리함을 가져다주었습니다.

10년간의 연구와 실수를 반복한 끝에 위대한 발명을 한 그에게 사람들은 찬사를 아끼지 않았습니다.

그의 이름은 찰스 굿이어입니다.

우리는 하루에도 몇 번씩 실수를 하며 살아갑니다.

이런 실수로 인해 실패를 성공으로 변화시킨 사람들도 많습니다.

노벨상의 제창자인 알프레드 노벨은

실수로 다이너마이트보다 세 배 이상 강력한 군용 폭약을 개발했습니다.

또한 일본의 시라카와 히데키 교수는

실수로 전기가 통하는 플라스틱을 개발해 노벨 화학상을 수상했습니다.

실수를 가볍게 여기기보다 진지하게 원인을 생각하는 습관을 들여 보십시오.

그러할 때 실수는 인생의 플러스가 되어줄 것입니다.

자존심과 명예로
끓인 수프

     한 사업가가 어느 날 갑자기 모든 것을 버리고 현자를 찾아가 그의 문하생이 되기로 결심했습니다.

    사업가는 최선을 다했지만 스승은 그가 아직도 속세에서 가지고 있던 오만함을 버리지 못하고 있음을 안타깝게 생각했습니다.

    그에게 작은 깨달음을 주어야겠다고 생각한 스승은 그를 불러 말했습니다.

    "시장에 가서 양의 내장 40킬로그램만 사오도록 하여라. 그러나 반드시 등에 메고 돌아와야 한다."

    사업가는 즉시 마을의 한쪽 끝에 있는 시장으로 달려갔습니다.

내장을 산 사업가는 피가 뚝뚝 떨어지는 내장을 메고 걷기 시작했습니다. 흘러내리는 핏물은 순식간에 사업가의 머리에서 발끝까지 얼룩지게 했습니다. 그런 몰골로 마을의 절반을 가로질러 돌아가야 하는 사업가는 난감한 심정이 되고 말았습니다.

마을 사람들은 그를 아직도 돈 많은 세력가로 알고 있었으므로 길에서 사람들을 마주칠 때마다 사업가는 태연한 척 걷고 있었습니다. 하지만 속마음은 말로 표현할 수 없는 모욕감으로 가득 차 있었습니다.

사업가가 힘겹게 사원으로 돌아왔을 때, 스승은 내장을 부엌으로 가져가서 요리사에게 전해주고 모든 제자들이 함께 나누어 먹을 수 있도록 수프를 끓이라고 지시했습니다.

하지만 요리사는 그렇게 많은 양의 내장을 끓여낼 만한 큰 냄비가 없다고 말했습니다.

그러자 스승이 말했습니다.

"그건 아무 문제가 되지 않는다."

사업가를 바라보면서 스승이 다시 말했습니다.

"지금 당장 정육점에 가서 큰 냄비를 빌려오도록 해라."

정육점은 마을의 반대편 끝에 위치해 있었습니다.

사업가는 피로 얼룩진 흉측한 모습으로 이번엔 반대쪽 마을을 가로질러 가지 않을 수 없었습니다.

길에서 사람을 마주칠 때마다 사업가는 매번 심한 모욕감으로 얼굴이 화끈 달아올랐습니다. 사업가는 스승이 시킨 대로 커다란 냄비를 가지고 돌아왔습니다. 그리고는 더러워진 몸을 씻으러 부리나케 세면장으로 내려갔습니다.

얼마 후 스승은 사업가를 다시 불러 말했습니다.

"당장 시장으로 가거라. 그리고 길에서 사람들을 만나면 혹시 등에 짐승의 내장을 지고 가는 사람을 본 적이 있는지 물어보도록 해라."

사업가는 길에서 만나는 사람들에게 등에 짐승의 내장을 지고 가는 사람을 본 적이 있느냐고 물어보았습니다.

그러나 대부분의 사람들은 그런 광경을 본 적이 없다거나 전혀 기억이 나지 않는다고 대답했습니다.

사업가가 사원으로 돌아오자 스승은 이번에는 정육점 방향으로 가면서 길에서 만나는 사람들에게 똑같은 질문을 하라고 했습니다.

하지만 이번에도 결과는 마찬가지였습니다.

피로 얼룩진 채 큰 냄비를 들고 가는 사람을 아무도 본 적이 없다는 것이었습니다.

사업가가 이 얘기를 스승에게 전했을 때 스승이 말했습니다.

"이제 알겠느냐? 아무도 너를 보았거나 기억하는 사람은 없었다. 너는 사람들이 형편없는 네 모습을 보고 너를 비웃을 것이라고 생각했을 테지만 사실 아무도 네 모습을 염두에 두지 않았다. 다만 네 스스로 남의 시선을 대신하여 네 시선으로 너를 바라보았을 뿐이다."

저녁이 되자 스승이 큰 잔치를 준비하고 모든 제자들을 한자리에 불러 모은 뒤 말했습니다.

"자, 마음껏 들라. 이 수프는 사업가의 자존심과 명예로 끓인 수프다."

'어떤 옷을 입을까'

'어떤 자동차를 살까'

'집을 어떻게 꾸밀까'

대부분의 사람들은 이런 고민에 빠져 삽니다.

그러나 사람들은 타인의 모습에 관심이 없습니다.

오로지 자신의 일에만 관심이 있지요.

따라서 남의 시선을 의식한 사치나

가식적인 행동은 어리석습니다.

자신의 있는 모습 그대로 보여줄 수 있어야 합니다.

그러할 때 더욱 자연스럽고 아름답습니다.

빵 가게 주인의 욕심

　　　'소탐대실(小貪大失)'이란 말이 있습니다. 이 말은 작은 것에 눈이 어두워져 큰 것을 잃는다는 뜻입니다.

　사실 욕심 없는 사람은 아무도 없습니다. 하지만 그 욕심을 절제하는 능력을 가진 사람은 있습니다. 절제할 줄 모르는 사람은 화를 면하기 어렵습니다. 욕심이 화의 씨앗이기 때문입니다.

　하지만 욕심을 절제할 줄 아는 사람은 나중에 더 큰 것을 얻게 됩니다. 항상 참고 마음을 다스리는 사람에게 보상이 주어지는 법이기 때문입니다.

영국의 어느 어리석은 빵 가게 주인에 대한 일화입니다.

그는 이른 아침에 빵을 만들어 마을 사람들에게 팔았습니다.

그 빵 가게 주인에게는 매일 아침마다 신선한 우유와 버터를 공급해주는 가난한 농부가 있었습니다.

하루는 빵 가게 주인이 납품되는 버터를 보더니 정량보다 조금 모자란다는 것을 알았습니다. 그래서 며칠을 두고 납품된 버터를 저울로 일일이 달아 보았습니다. 생각한 대로 모두 정량보다 양이 모자랐습니다.

화가 난 빵 가게 주인은 버터를 납품하는 농부에게 변상할 것을 요구했습니다. 하지만 농부는 돈이 없다며 차일피일 미루기만 했습니다. 빵 가게 주인은 하는 수 없이 농부를 법원에 고소했습니다.

　농부는 즉시 경찰관에게 체포되어 재판을 받았습니다. 그러나 재판을 하던 중에 판사는 농부의 진술을 듣고는 깜짝 놀랐습니다.

　가난한 농부의 집에는 저울이 없었습니다. 그래서 버터를 만들어 빵 가게 주인이 파는 1파운드짜리 빵의 규격에 맞추어 버터를 자르고 포장해서 납품했다는 것입니다. 그런데 문제는 빵 가게 주인이 많은 이익을 남기기 위해 1파운드짜리 빵의 양을 줄였던 것입니다. 그것을 몰랐던 이 농부는 원래 크기보다 작아진 1파운드짜리 빵에 맞추어서 버터를 만들고 납품을 한 것이었습니다.

　그리하여 가난한 농부는 무죄로 풀려났고 욕심 많은 빵 가게 주인은 처벌을 받았습니다. 결국 빵 가게 주인의 욕심이 스스로를 곤경에 처하게 했던 것입니다.

욕심은 밭을 망치는 잡초와 같습니다.

처음에는 마음 밭에 한두 가지 욕심이 자라납니다.

하지만 욕심을 비우지 않으면

시간이 지나면서 온통 마음속은

잡초로 뒤덮여 버릴 것입니다.

결국 욕심의 노예가 되어 불행한 삶을 살게 될 테지요.

높은 곳보다 조금 더 낮은 곳을 바라보고

많은 것보다 적은 것에 감사할 줄 알아야 합니다.

이 속에서 인생의 참 행복을 깨달을 수 있습니다.

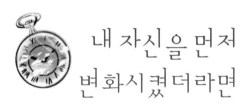

내 자신을 먼저 변화시켰더라면

영국의 웨스트민스터 대성당이 있는 한 성공회 주교의 무덤 앞에 적혀 있는 글입니다.

「내가 젊고 자유로워서 상상력에 한계가 없을 때, 나는 세상을 변화시키겠다는 꿈을 가졌었다.

좀더 나이가 들고 지혜를 얻었을 때 나는 세상이 변하지 않으리라는 걸 알았다. 그래서 내 시야를 약간 좁혀 내가 살고 있는 나라를 변화시키겠다고 결심했다. 그러나 그것 역시 불가능한 일이었다.

황혼의 나이가 되었을 때 나는 마지막 시도로, 나와 가장 가까운 내 가족을 변화시키겠다고 마음을 정했다. 그러나 아무도 달라지지 않았다.

이제 죽음을 맞이하기 위해 누운 자리에서 나는 문득 깨달 았습니다. 만일 내가 나 자신을 먼저 변화시켰더라면, 그것을 보고 내 가족이 변화되었을 것을.

또한 그것에 용기를 얻어 내 나라를 더 좋은 곳으로 바꿀 수 있었을 것을. 그리고 누가 아는가? 세상도 변화되었을 지……!」

한순간에 세상을 변화시킬 순 없습니다.

다만 가까운 사람들을 변화시킬 순 있습니다.

하지만 타인을 변화시키려면

먼저 자기 자신부터 달라져야 합니다.

키가 큰 거목도 시작은

모래만한 씨앗에서 비롯되었습니다.

그렇듯이 이 세상의 시작 또한 자신부터입니다.

때문에 자신이 새롭게 달라지면

주위 사람들 또한 그 영향을 받아 변화되는 것입니다.

그렇게 한 사람 한 사람 변화되어 가다보면

서서히 이 세상도 변하게 됩니다.

미국의 샤갈

'미국의 샤갈'로 불리는 리버만이라는 화가가 있습니다.

폴란드 출신인 리버만은 아홉 살 때 단돈 5달러를 들고 미국에 이민 와서 맨해튼에서 과자가게를 운영하던 평범한 사람이었습니다.

리버만은 일흔 네 살에 은퇴한 후 노인정에서 바둑을 두며 시간을 보냈습니다.

그런데 하루는 바둑 파트너가 약속을 어겨 혼자서 무료한 시간을 보내고 있었습니다.

그때 한 젊은 봉사요원이 말했습니다.

"선생님, 그림을 한번 그려 보시지요."

리버만은 젊은 봉사요원의 말에 그림공부를 시작했습니다.

그때부터 리버만은 화실을 찾아 10주간 교육을 받고 그림을 그렸습니다. 리버만은 캔버스에 모든 열정을 쏟았습니다. 그러자 시간이 지날수록 리버만은 놀라운 재능을 발휘하기 시작했습니다.

그의 나이 여든 한 살 때의 일이었습니다.

화가 리버만은 많은 사람들에게 알려졌고 원시의 눈을 가진 '미국의 샤갈'로 불렸습니다. 그가 그린 그림은 불티나게 팔려 나갔습니다.

그는 백한 살에 스물 두 번째 개인전을 열어 세상을 놀라게 했습니다.

사람들은 삶이 행복하지 않다고 불평합니다.

하루하루가 무의미하고 따분하다고 말합니다.

그러나 그들 대다수는 자신의 꿈과는 동떨어진 일을 하고 있습니다.

먹고 살기에 바빠 꿈을 잠시 접어둔 채 살아가는 사람들도 많습니다.

지금 마음속에 깃들어 있는 꿈을 펼쳐보지 않으면 영영 잃어버릴지도 모릅니다.

진정으로 자신이 하고 싶은 일을 하십시오.

자신이 하고 싶은 일을 할 때 가장 잘 할 수 있습니다.

시간 은행

　　매일 아침 여러분에게 86,400원을 입
금해 주는 은행이 있다고 상상해 보세요.

　그러나 그 계좌는 당일이 지나면 잔액이 남지 않습니다.

　매일 저녁, 여러분이 그 계좌에서 쓰지 못하고 남은 잔액은
제로가 되어버리죠.

　여러분이라면 어떻게 하시겠습니까?

　우리는 매일 아침, 86,400초를 부여받고 있습니다.

　그리고 사용하고 남은 잔액 시간은

　매일 밤이면 흔적도 없이 사라지지요.

　때문에 우리는 지금 이 순간을 최선을 다해서 살아야 합니다.

우리는 단지 오늘 현재의 잔고만을 가지고 살아갈 뿐이기 때문입니다.

인생에서 가장 소중한 것들을 위해 시간을 쓸 때 행복한 미래를 맞이할 수 있습니다.

마틴 루터 킹의
마지막 설교

흑인 목사 마틴 루터 킹은 "이 세상에서 이루어진 모든 것은 희망이 만든 것이다."라고 말했습니다. 그는 세상의 불의에 대해 폭력이 아닌 사랑으로 맞선 비폭력 무저항운동의 선봉장이었습니다.

비교적 부유층 중류가정에서 태어나 대학교육까지 받은 그는 백인들로부터의 심한 인종차별을 그다지 많이 경험하지 않으며 자랐습니다.

그는 일찍이 간디의 사상에 감명 받아 "폭력을 써서는 안 됩니다. 원수를 사랑하고, 백인들이 우리에게 어떤 고난과 차별을 해도 우리는 그들을 사랑해야 합니다. 그들의 죄를 용서해

줍시다."라는 비폭력 무저항주의 사상을 사람들에게 호소했습니다. 그럼으로써 그는 흑인 민권운동의 상징적 인물로 부각되었습니다.

그러나 마틴 루터 킹은 흑인 청소부의 파업을 지원하다가 불행하게도 암살당하고 말았습니다.

그는 암살 당하기 두 달 전에 다음과 같은 설교를 했습니다.

"저는 가끔 저의 죽음에 대하여 생각합니다. 그리고 저의 장례식을 그려봅니다. 만약에 여러분 중에 누가 혹시 저의 장례식에 계시다면 부디 길게 하지 말아 주십시오. 또 저의 장례식 조사도 짧게 해달라고 말씀해 주십시오. 그리고 조사를 하는 사람에게 제가 노벨 평화상을 탄 사람이라는 것을 말하지 말라고 부탁해 주십시오. 또 내가 그 외에도 삼백 개 가량의 표창과 상을 받았다는 것을 말하지 않게 해주십시오. 그것은 중요한 것이 아니기 때문입니다.

다만 다른 사람들을 섬기는 일에 삶을 바치려고 노력했다고 말해 준다면 감사하겠습니다. 사람들을 사랑하려고 노력했고 굶주린 사람을 먹이려고 했으며 헐벗은 사람에게 옷을 입혀 주려고 애썼으며, 감옥에 있는 사람들을 방문하려고 노력했고 인류를 사랑하여 봉사하려고 힘썼던 사람이라고 말해 주시면 감사하겠습니다."

그리고 덧붙여 설교했습니다.

"저는 남기고 갈 재물도 없습니다. 또 제 인생에서는 화려하고 사치스러운 것들을 남기고 갈만한 것도 없습니다. 다만, 헌신된 생애를 남기기를 원합니다."

인생은 한 번밖에 살 수 없습니다.

그래서 더욱 소중하고 절실한 것이 인생입니다.

이런 말이 있습니다.

"인생은 한 권의 책과 같다.

어리석은 이는 그것을 마구 넘겨버리지만 현명한 이는 열심히 읽는다.

인생이라는 책은 단 한 번 밖에 읽지 못한다는 것을 알기 때문이다."

우리는 사는 동안 화려한 흔적을 남기는데 애쓰기보다

타인을 위한 사랑을 아낌없이 줄 수 있어야 합니다.

그러할 때 인생의 뒤안길에서 미소를 지을 수 있습니다.

한 걸음 한 걸음 꾸준히

'불도저 경영', '통일의 물꼬를 튼 개척자' 정주영. 그는 1998년 10월, 소 501마리와 함께 방북해 가진 김정일 국방위원장과의 면담으로 유명합니다.

그는 1915년 강원도 통천군 송전리 아산 마을에서 6남 2녀 중 장남으로 태어났습니다. 1930년 송전 소학교를 졸업했으나 가난 때문에 상급학교에 진학하지 못하고 아버지의 농사를 도왔습니다. 하지만 그는 가난에서 벗어나기 위해 수차례 가출을 하기도 했습니다.

그는 1937년 9월에 '경일상회'라는 미곡상을 시작했습니다. 그러다 1940년 서울에서 가장 큰 경성서비스공장의 직공으로 일하던 지인을 통해 알게 된 '아도서비스'라는 자동차 수리공장을 인수했습니다. 그 뒤 1946년 4월 '현대자동차 공업사'를 설립하였고, 1947년 5월에는 '현대토건사'를 설립하면서 건설업을 시작했습니다. 1950년 1월 현대토건사와 현대자동차 공업사를 합병, 현대그룹의 모체가 된 현대건설 주식회사를 설립했고, 1971년 현대그룹 회장에 취임했습니다.

어느 날, 정주영은 서울의 한 초등학교의 어머니회 모임에 특별 손님으로 초대되었습니다. 그는 이날 특강을 한 뒤 어머

니들과의 자유로운 대화의 시간을 가졌습니다. 이 자리에는 어머니들뿐만 아니라 초등학생들까지 함께 했습니다.

대화의 시간이 거의 마무리될 즈음 사회자가 문득 한 어린이에게 마이크를 갖다 대고 물었습니다.

"학생! 정주영 할아버지께 여쭈어보고 싶은 게 있으면 이 자리에서 말해보세요."

초등학교 3학년쯤 되는 그 어린이는 벌떡 일어나서 질문했습니다.

"정주영 할아버지는 어떻게 해서 우리나라에서 가장 큰 부자가 되셨어요?"

어린이가 쉽게 알아듣도록 질문에 응답하기란 쉬운 일이 아니었습니다. 그리고 그 자리에 있는 어머니들도 사실 '정주영식 부자가 되는 비결'에 대해 무척이나 궁금해 하는 눈치였습니다.

잠시 후 정주영은 질문을 던진 학생에게 물었습니다.

"학생, 등산이란 걸 해본 적 있어요?"

"네, 북한산에 가본 적 있어요."

학생이 고개를 끄덕이며 자신 있게 말했습니다.

"오, 그래요? 나도 손자들과 함께 가끔 북한산에 오릅니다."

정주영은 그러더니 얼굴 가득 웃음을 띤 채 잠시 학생을 바라보다가 다음과 같이 '부자가 되는 비결'에 대하여 말했습니다.

"높은 산에 오를 때는 산꼭대기의 까마득히 높은 정상을 바라보며 올라가면 안 돼요. 높은 곳을 자꾸 바라보면서 '저 높은 데까지 어떻게 올라가나?' 하고 생각하면 등산하기가 더 힘들기만 하기 때문이지요.

그러나 한 걸음 한 걸음 꾸준히, 그리고 열심히 발밑을 내려다보며 올라가다 보면 어느 사이 정상에 도달하게 됩니다. 나도 처음부터 큰 부자가 되겠다는 생각을 한 적은 없어요. 그냥 일하고 그때 그때 최선을 다한다는 신조로 살아오다 보니까 조금씩 부자가 된 것이지요. 학생도 꼭대기만 쳐다보지 말고 매일 매일 열심히 살아가면 틀림없이 성공할 거예요."

'티끌 모아 태산'이라는 말이 있습니다.

아무리 작은 티끌이라도 끊임없이 모으다 보면

어느새 태산을 이룬다는 뜻입니다.

이와 마찬가지로 부자가 되는 비결은

산을 오르듯이 한 걸음 한 걸음 쉬지 않고

자신의 일에 최선을 다하는 것입니다.

행복의 씨앗

사람들은 돈만 많다면 행복한 삶을 살 수 있을 거라고 말합니다. 마치 돈으로 세상의 모든 행복을 살 수 있다는 듯이 말이지요. 그래서 사람들은 부자들을 보며 "나도 돈만 많으면 행복할거야.", "좋은 자동차에 고급 아파트, 돈 걱정 않고 사니까 행복한 건 당연하지." 하고 말합니다.

그러나 아무리 많은 재물을 가지고 있어도 행복한 삶을 사는 건 아닌 것 같습니다.

1923년, 세계에서 가장 성공한 재산가 아홉 명이 시카고의 한 호텔에서 모임을 가졌습니다.

재정 부문에서 '세상의 경제를 쥐고 흔드는' 영향력 있는 사람들이었습니다. 그들은 가진 돈으로 세상의 모든 것을 살 수 있는 사람들로 통했습니다.

그 정도로 그들은 굉장히 부유했습니다.

아홉 명을 살펴보면 다음과 같습니다.

- 찰스 슈왑 : 미국 최대 철강 회사 회장

- 새뮤어 인설 : 최대 전기 회사 회장

- 하워드 홉슨 : 최대 가스 회사 회장

- 아서 커튼 : 거대 곡물(밀) 거래상

- 리처드 휘트니 : 뉴욕주식거래소 소장

- 앨버트 폴 : 해딩 대통령 내각의 내무장관

- 레온 프레이저 : 국제결제은행 행장

- 제시 리버모오 : 월가 최고의 '큰손'

- 아이바 크레우거 : 세계 최대 전매 회사 회장

하지만 세계에서 가장 막강한 부를 지닌 그들도 25년 후인 1948년에는 처참한 밑바닥 인생을 살고 있었습니다.

그들의 삶을 자세히 살펴보면 다음과 같습니다.

미국 최대 철강 회사 회장 찰스 슈왑은 파산해서 인생의 마지막 5년을 빚으로 생활하다가 세상을 떠났습니다.

최대 전기 회사 회장 새뮤얼 인설은 법망을 피해 외국으로 달아나서 무일푼으로 살았습니다.

최대 가스 회사 회장 하워드 홉슨은 정신병자가 되었고, 거대 곡물 거래상 아서 커튼은 외국에서 부채 상환 불능자로 살다가 죽었습니다.

뉴욕주식거래소 소장 리처드 휘트니는 싱싱 교도소에서 감옥 신세를 졌고, 장관이었던 앨버트 폴은 집에서 죽을 수 있도록 감옥에서 방면되었습니다. 그 당시 그는 파산 상태였습니다.

국제결제은행 행장 레온 프레이저와 월가의 '큰손' 제시 리버모어는 불행한 삶을 살다 자살로 생을 마감했습니다.

거대 전매업자 아이바 크레우거 역시 자살했습니다.

나폴레옹은 다음과 같이 말했습니다.

"행복을 사치한 생활 속에서 구하는 것은 마치 태양을 그림에 그려놓고 빛이 비치는 것을 기다리는 것과 다름없다."

사람들 중에는 "나는 왜 이리도 불행하지."라고 말하는 사람이 있습니다. 이런 사람은 자신을 남과 비교하기 때문에 불행하게 느끼는 것입니다. 왜냐하면 행복과 불행은 남이 아닌 스스로가 만들기 때문이지요.

모든 사람의 마음속에는 행복의 씨앗이 숨어 있습니다. 다만 행복의 씨앗은 다른 사람이 찾아줄 순 없습니다. 스스로 행

복의 씨앗을 찾아야 합니다. 그러할 때 진정으로 행복을 누릴
수 있습니다.

세상에서 가장 성공한 아홉 명의 재산가.

그러나 그들은 불행한 삶을 살았습니다.

그들은 돈을 버는 기술은 뛰어났지만

인생을 사는 지혜를 배운 사람은 단 한 사람도 없었습니다.

지나친 부로 인해 만족과 행복한 삶을 살기보다

타락에 가까운 삶을 살았습니다.

오히려 그들은 자신이 가진 재물로 인해

비참한 생을 살았던 것입니다.

5개의 알사탕

그는 가난한 집에 태어나 불우하게 자랐습니다. 아버지와 어머니는 아침 일찍 공장에 출근해 별이 떠있는 깜깜한 밤이 되어서야 집으로 돌아왔습니다. 힘든 일을 하는 아버지는 줄곧 술에 취했고 어머니와 그를 때리기까지 했습니다.

그는 하루 종일 친구들과 놀았습니다. 그러다 저녁이 되어 친구들이 집으로 돌아가면 강아지가 그의 유일한 친구였습니다. 그는 중학교에 다닐 때 아버지의 폭행을 견디다 못해 집을 나오고 말았습니다.

그때부터 그는 삐뚤어진 삶을 살기 시작했던 것입니다. 그러다 어느 날 그는 슈퍼에서 금고에 든 돈을 훔치다 여주인에게 들켰습니다. 그 순간 놀란 나머지 그는 여주인을 밀치고는 돈을 들고 나왔습니다. 그런데 여주인은 넘어지면서 바닥에 머리를 부딪치면서 뇌진탕을 일으켜 끝내 죽고 말았습니다.

그는 강도 살인죄로 법정에서 최고형인 사형을 언도받았습니다. 그가 사형을 언도 받게 된 것은 그동안 크고 작은 죄를 많이 저질렀기 때문이었습니다.

하지만 그는 뒤늦게나마 인생의 소중함을 뼈저리게 느끼고 있었습니다. 또한 자신의 주위를 둘러싸고 있는 사람들의 소중한 삶에도 눈을 뜨기 시작했습니다.

사형집행을 눈앞에 두고 있던 그에게는 면회 오는 사람조차 없었습니다. 간간히 교도소에 위문 온 사람들만 만날 수 있었을 뿐 그는 기약 없이 이 세상에서의 마지막 시간을 외롭게 보내고 있었습니다.

얼마 후 예정대로 그의 사형이 집행되었습니다.

그로부터 며칠 후 그가 수감되어 있던 감방 안에서 갈색 서류봉투 하나가 발견되었습니다.

봉투 속에는 5개의 알사탕과 편지 한 장이 들어있었습니다. 그 편지는 그가 남긴 마지막 유언이었습니다.

자신의 잘못으로 인해 억울하게 죽은 사람에게 참회할 길

이 없음을 뉘우침으로 시작된 그의 편지에는 이렇게 적혀있
었습니다.

「이제 나는 그동안의 모든 업보를 짊어지고 이 세상을 떠납
니다. 참으로 고통과 후회로 가득한 삶이었습니다.

내가 저지른 죄에 대한 한없는 가책을 느끼며 저의 죽음으
로 그 죄가 씻어지고 나로 인해 소중한 목숨을 잃은 사람이 저

를 용서할 수 있었으면 더 바랄 것이 없겠습니다. 제가 죽은 후에 제 묘를 써줄 사람에게 이 알사탕을 건네주십시오. 이 알사탕은 교도소에 위문 왔던 친절한 사람들이 나에게 주고 간 것입니다. 알사탕을 먹고 싶은 마음은 참을 수 없을 정도였습니다.

하지만 저를 위해 고생해 줄 사람들에게 아무런 보답도 할 수 없다는 것을 생각하니 괴로워 잠을 이룰 수 없었습니다. 그래서 이 알사탕을 교도관 몰래 감추어 두었던 것입니다. 이 알사탕은 제가 마지막으로 이 세상에 남기는 재물이니 저의 묘를 쓰는데 수고한 사람들에게 꼭 나누어 주십시오. 죽을 때까지도 빚을 지고 죽어서는 안 된다는 것이 제가 교도소에서 배운 인생철학입니다.

뒤늦게 이것을 깨닫게 된 것이 부끄럽습니다. 제 소원을 꼭 들어주십시오.」

그는 알사탕 5개를 자신의 무덤을 만들어 준 사람들에게 보답으로 주라는 내용의 편지를 남겼던 것입니다

"후회의 씨앗은 젊었을 때

즐거움으로 뿌려지지만,

늙었을 때 괴로움으로 거둬들이게 된다."

콜튼이 남긴 명언입니다.

인생은 단 한 번뿐입니다.

다시 재생할 수 없습니다.

하루하루 헛되이 살지 않도록 노력해야 합니다.

우정이란 성장이
더딘 식물과 같다

그는 사소한 오해로 인해 오랫동안
사귀어온 친구와 서먹서먹한 관계가 되고 말았습니다.

그는 자존심 때문에 전화를 하지 않았지만 친구와의 사이에
별 문제가 없으리라 생각하고 있었습니다.

어느 날 그는 다른 한 친구를 찾아갔습니다.

그들은 자연스럽게 우정에 대해 이야기를 나누게 되었습니다.

창밖으로 보이는 언덕 위를 가리키며 친구가 말을 꺼냈습니다.

"저기 빨간 지붕을 얹은 집 옆에는 헛간으로 쓰이는 꽤 큰
건물이 하나 있었다네. 매우 견고한 건물이었는데 건물 주인

이 떠나고 얼마 지나지 않아 허물어지고 말았지. 아무도 돌보지 않았으니까. 지붕을 고치지 않으니 빗물이 처마 밑으로 스며들어 기둥과 대들보 안쪽으로 흘러들었다네.

그러던 어느 날 폭풍우가 불어와 조금씩 흔들리기 시작했지. 삐걱거리는 소리가 한동안 나더니 마침내 와르르 무너져 내렸다네. 헛간은 졸지에 나무더미가 된 거야. 나중에 그곳에 가보니 무너진 나무들이 제법 튼튼하고 좋은 것들이었지.

하지만 나무와 나무를 이어주는 나무못의 이음새에 빗물이 조금씩 스며들어 나무못이 썩어버리게 되어 결국 허물어지고 만 것이지."

두 사람은 언덕을 내려다보았습니다. 그 곳에는 잡초만 무성할 뿐 훌륭한 헛간이 있었다는 흔적은 어디에도 남아있지 않았습니다.

친구가 그에게 천천히 이렇게 말했습니다.

"여보게 친구, 인간관계도 물이 새지 않나 하고 돌봐야 하는 헛간 지붕처럼 자주 손 봐 주어야 하네. 편지를 쓰지 않거나, 전화를 하지 않거나, 고맙다는 인사를 저버리거나, 잘못을 해결하지 않고 그냥 지낸다거나 하는 것들은 모두 나무못에 스며드는 빗물처럼 이음새를 약화시킨다는 말일세."

'그 헛간은 좋은 헛간이었지. 아주 조금만 노력했으면 지금

도 저 언덕에 훌륭하게 서 있었을 것이네.'

그는 친구의 마지막 말을 가슴에 새기며 집으로 돌아가는 발걸음을 재촉했습니다. 자존심을 버리고 친구에게 사과를 하기 위해서였습니다.

"우정이란 성장이 더딘 식물이다.

그것이 우정이라고 불리 울만한 가치가 있게 되기에

그것은 몇 번이고 어려운 충격을 받고

또 그것에 견디어 내지 않으면 안 된다."

미국의 초대 대통령 워싱턴이 남긴 명언입니다.

좋은 친구는 쉽게 사귈 수 없습니다.

많은 시간 동안 서로가 마음의 벽을 허물고

많은 시련을 이겨냈을 때

비로소 얻을 수 있는 것이 값진 우정입니다.

고통에서 벗어나는 길

히말라야 근처에 한 성자가 살고 있었습니다.

그 성자는 오랫동안 자신을 괴롭혀온 욕심과 고통에 대해 수행을 하고 있었습니다. 성자는 오랜 수행 끝에 욕심과 고통은 다른 누구도 아닌 자기 스스로가 느끼는 것임을 깨달았습니다.

그러던 어느 날 성자에게 한 남자가 찾아왔습니다.

그는 하던 일마다 실패를 겪었습니다. 거기에 사업 실패로 인해 얼마 전에 아내와도 이혼을 했습니다.

그는 성자에게 고통에서 헤어나는 법을 알려달라고 부탁했

습니다. 그렇게 해서 그는 성자의 제자가 되었습니다.

그가 성자의 제자가 되고 일 년 남짓 지났을 때 성자에게 물었습니다.

"스승님, 어떻게 하면 고통에서 벗어날 수 있습니까?"

스승은 이렇게 대답했습니다.

"때가 되면 알려주겠다."

그는 성자가 시키는 대로 최선을 다해 수행에 임했습니다. 그리고 5년이라는 세월이 흘렀습니다.

그는 성자에게 다시 물었습니다.

"스승님, 아무리 수행해도 도저히 지나간 과거에서 오는 고통에서 벗어나지 못하겠습니다. 어떻게 하면 고통에서 벗어날 수 있습니까?"

그러자 스승이 대답했습니다.

"아직 때를 기다려야 한다. 때가 되면 알려주마."

세월이 흘러 어느덧 10년이란 긴 세월이 흘러갔습니다.

어느 날 스승은 때가 되었다고 생각하고는 제자를 데리고 숲 속으로 갔습니다.

"오늘은 너에게 고통에서 벗어나는 방법을 가르쳐 줄 테니 내 뒤를 따르라."

말을 마친 스승은 정신없이 숲 속을 뛰기 시작했습니다.

한참을 달리던 스승은 큰 아름드리나무를 끌어안고 살려달라고 고함을 치기 시작했습니다.

제자는 나무에 매달린 스승을 떼어놓기 위해 안간힘을 썼습니다.

그러나 스승은 나무에 매달린 채 떨어지지 않았습니다.

제자가 가만히 생각해 보니 나무가 스승을 놓아주지 않는 것이 아니라 스승이 도리어 나무를 잡고 놓지 않고서 살려달라고 소리치고 있는 것이었습니다.

제자가 스승에게 말했습니다.

"스승님, 나무가 스승님을 잡고 있는 것이 아니라 스승님이 나무를 잡고 놓지 않는 것입니다. 그러니 나무를 잡은 손을 놓으세요. 그러면 쉽게 나무에서 떨어질 수 있지 않습니까?"

그때 스승은 흐뭇한 미소를 지으며 말했습니다.

"그래, 바로 이것이 고통에서 벗어나는 길이란다."

그 순간 제자는 고통에서 벗어나는 큰 깨달음을 얻게 되었습니다.

우리는 살아가는 동안 숱한 고통을 느낍니다.

하지만 대부분의 고통은 욕심에서 비롯되는 것입니다.

물질과 명예가 나를 놓아주지 않는 것이 아니라

우리 자신이 물질과 명예를 놓지 않은 데서 오는 것이기 때문입니다.

마음을 비운다면 고통에서 쉽게 헤어 나올 수 있습니다.

또한 비운 마음에는 만족과 행복이라는 샘물이 고여 듭니다.

하나님과의 대화

어느 날 한 청년이 잠을 자다가 꿈을 꾸게 되었습니다.

꿈속에서 하나님과 대화를 하는 것이었습니다. 평소 이 청년은 꿈속에서라도 하나님과 대화를 하는 것이 소원이었습니다.

하나님이 청년에게 물었습니다.

"네가 나와 대화하고 싶다고 했느냐?"

"네, 하나님."

"시간은 내가 만들었으니 나의 시간은 영원하다. 그래, 무엇을 알고 싶으냐?"

우리가 살아가는 이유 · 회 · 망

"사람들을 보면 무엇이 가장 신기합니까?"

하나님이 대답했습니다.

"사람들은 어린 시절을 지루해 하지. 그래서 빨리 자라길 바라고 그리고는 늙어서는 다시 그 시절로 되돌아가길 바라지."

하나님은 이어서 말했습니다.

"돈을 벌기 위해서 건강을 잃어버리고 그리고는 건강을 되찾기 위해서 돈을 잃어버리지. 미래를 염려하다가 현재를 잊어버려. 마치 사람들은 미래에도 현재에도 살지 않는 것 같이."

이번에는 하나님이 청년에게 물었습니다.

"영원히 살 것처럼 하루하루를 살더니 정말 그렇게 죽지 않았던 사람이 있었느냐?"

"……."

청년은 하나님의 물음에 아무 대답도 할 수 없었습니다.

그러자 하나님이 청년의 손을 따뜻하게 잡았습니다. 그리고 잠시 침묵이 흘렀습니다.

청년이 물었습니다.

"아버지로서 자녀들에게 어떤 것들을 가르치는 게 가장 지혜로울까요?"

"다른 사람이 자기를 사랑하게 만들 수는 없다는 것과 다른

이들과 비교하지 않도록 가르쳐라. 그리고 용서함으로 용서를 배우기를, 사랑하는 사람에게 커다란 상처를 주는 데는 단지 몇 초의 시간 밖에 걸리지 않지만 그 상처가 아물기에는 몇 년의 시간이 걸린다는 것을 가르쳐야지.

　또한 부자는 가장 많이 가진 사람이 아니라 가장 적게 필요한 사람이라는 것을, 너희에게 사랑을 표현 못하거나 말하지 못하는 사람 중에서도 너희를 깊이 사랑하는 사람이 있다는 것을 가르쳐야지. 무엇보다 두 사람이 같은 것을 보고서도 다르게 느낄 수 있다는 것과 다른 사람을 용서하는 것에 앞서 먼저 자신을 용서해야 한다는 것을 가르쳐야 한다."

하나님의 말이 끝나자 청년은 한동안 생각에 잠겨 있었습니다. 그동안 누구에게도 들어보지 못했던 지혜를 들었기 때문이었습니다.

잠시 후 청년은 꿈에서 깨어났습니다.

청년은 그동안 학교와 세상에서 배웠던 지혜보다 더 많은 것들을 하나님과의 대화에서 깨달을 수 있었습니다.

세상에는 수많은 지혜가 있습니다.

지혜는 우리를 조금 더 가치 있는 삶을 살도록 이끌어 줍니다.

하지만 지혜는 쉽게 찾을 수 없습니다.

간절히 필요로 할 때 열쇠처럼 자신을 드러내지요.

휴 프레이드의 말입니다.

'우리들을 지혜에 눈뜨게 하고

성취에 보다 가까이 가게 하는 것은

마치 바보와도 같은

맑은 마음, 순결한 용기, 뜨거운 절제에 있는 것이다.'

순수한 마음으로 간절히 원할 때

가장 가까운 곳에서 지혜를 발견할 수 있습니다.

열세 가지 명언

　　"웃음은 슬픔을 위해 있는 것이고 눈물
은 기쁨을 위해 있는 것이다."

　"사랑은 서로 마주보는 것이 아니라 함께 같은 방향을 보는
것이다."

　"우정이란, 친구들을 딛고 내가 높아지는 것이 아니라 친구
들이 나를 딛게 하여 친구를 높이는 것이다.
　　그것은 둘이 함께 높아지는 것이다."

"현명한 친구는 보물처럼 다루어라. 많은 사람들의 호의보다 한 사람의 이해심이 더욱 값지다."

"땅에 떨어진 동전을 줍지 않는 사람은 절대 많은 것을 쌓지 못한다."

"다른 사람을 설득하고 싶다면 스스로 최선을 다하는 모습을 보이도록 하라."

"비난의 말이 아프다면 그 말이 옳기 때문이다."

"가족이란, 따뜻한 방안에서 이야기를 나누는 사람들이다."

"누구나 위대한 사람이 될 수 있다. 왜냐하면 누구나 남에게 필요한 존재가 될 수 있으므로."

"부모님이 우리의 어린 시절을 아름답게 꾸며주셨으니 우리는 부모님의 여생을 아름답게 꾸며주어야 한다."

"마음에 품고 있던 말을 털어 놓으면 무거웠던 가슴도 가벼워진다."

"편지에 답장할 수 있는 최상의 시기는 편지를 읽는 순간이다."

친구는 우리에게 잃었던 희망을 되찾아주고 용기를 줍니다.
마찬가지로 마음을 따뜻하게 데워주는 명언도 우리에게 힘을 줍니다.
가끔 지치고 힘들 때 잠시 마음에 힘이 되는 명언을 음미해보십시오.

마음이 편안해지고 할 수 있다는 용기를 얻을 수 있을 것입니다.

좋은 친구만큼이나 좋은 글도 큰 힘이 되어줍니다.

청춘의 또다른 이름

멋지게 날아오르는 갈매기가 있었습니다.

갈매기는 훼방을 놓는 안개와 비바람을 거뜬히 견뎌냈습니다. 그리고 자신이 바라는 지점이 이제 얼마 남지 않았다고 생각했을 때였습니다.

난데없이 하늘에서 우박이 쏟아지기 시작했습니다.

갈매기는 날개에 우박을 맞고 모래밭으로 떨어지고 말았습니다. 다시 날기를 포기하고 있는 갈매기에게 기러기가 다가왔습니다.

기러기가 갈매기에게 물었습니다.

우리가 살아가는 이유. 희망.

"갈매기야, 왜 다시 날지 않니?"

갈매기가 대답했습니다.

"하늘로부터 우박을 맞았어. 하늘이 내가 더 높이 나는 것을 바라지 않는 것 같아서."

기러기가 말했습니다.

"나르는 새들 가운데 우박 한번 맞아보지 않은 새는 없어. 문제는 너처럼 우박을 맞은 후 높이 날기를 포기하는데 있는 거야."

갈매기가 물었습니다.

"그럼 우박을 어떻게 생각해야 돼?"

"재난은 보다 강하게 해주는 운동 같은 거야. 그러니까 나를 더욱 튼튼하게 해주는 고마운 거라고 생각해."

기러기가 물었습니다.

"청춘의 또 다른 이름은 무언지 아니?"

갈매기가 고개를 가로 저었습니다.

"결코 포기하지 않음이야."

고개를 쳐드는 갈매기의 눈동자에 파도가 일렁거렸습니다.

기러기가 말했습니다.

"그 우박은 너를 주저앉히기 위해 떨어진 것이 아니야. 다시 도전할 수 있느냐, 없느냐 하는 것을 알아보고자 함이야."

기러기의 말에 용기를 얻은 갈매기는 다시 힘차게 날아오르기 시작했습니다.

'한 마리의 개미가 한 알의 보리를 물고

담벼락을 오르다가 예순 아홉 번을 떨어지더니

마침내 일흔 번째 목적을 달성하는 것을 보고

용기를 회복하여 드디어 적과 싸워 이긴

영웅 이야기가 있는데, 이것은 동서고금에 걸쳐서
변치 않는 성공의 비결이다.'

누구나 자신이 목표한 것을 성취하기 위해서는
한두 번, 아니 그 이상 쓰러지기도 합니다.
시련이 따르더라도 절대 포기해선 안 됩니다.
시련은 우리를 잠시 주춤거리게 할 수는 있지만
언제까지나 가로막지는 못합니다.

어머니, 얼마나
추우셨어요

눈이 쉴 새 없이 내리고 있는 어느 겨
울날이었습니다.

강원도 깊은 골짜기에 두 사람이 찾아왔습니다. 나이가 지
긋한 한 사람은 미국인이었고, 젊은 청년은 한국 사람이었습
니다.

종아리까지 푹푹 빠지는 눈을 헤쳐 한참 골짜기를 더듬어
들어간 두 사람이 마침내 한 무덤 앞에 섰습니다.

미국인이 청년에게 말했습니다.

"이 곳이 네 어머니가 묻힌 곳이란다."

청년은 그동안 그리워했던 어머니의 무덤 앞에서 울음을 터

뜨렸습니다.

그리고 잠시 후 청년이 마음의 안정을 되찾자 미국인은 오래 전에 있었던 이야기를 들려주었습니다.

미국인은 한국전쟁 당시 강원도 깊은 골짜기로 후퇴를 하고 있었습니다.

그런데 어디선가 아기 울음소리가 들려왔습니다. 울음소리를 따라가 봤더니 눈구덩이 속에서 아기가 울고 있었습니다. 아기를 눈에서 꺼내기 위해 눈을 치우던 미국병사는 소스라치게 놀라고 말았습니다. 눈 속에 파묻혀 있는 어머니가 옷을 하나도 걸치지 않은 알몸이었기 때문입니다.

아기를 업은 어머니가 피난을 가던 중에 깊은 골짜기에 갇히게 되었던 것이었습니다. 그러자 아기를 살리기 위해 자신이 입고 있던 옷을 모두 벗어 아이를 감싼 채 얼어 죽고만 것이었습니다. 그 모습에 감동한 미군은 어머니를 묻어주고, 아기를 데리고 가서 자신의 아들로 키웠습니다.

아기가 자라 청년이 되자 지난 날 있었던 일들을 모두 이야기해주었습니다. 그리고 지금 그때 언 땅에 묻었던 청년의 어머니를 찾아온 것이었습니다.

이야기를 들은 청년은 눈이 수북이 쌓인 무덤 앞에 무릎을 꿇었습니다. 뜨거운 눈물이 볼을 타고 흘러내려 무릎 아래 눈을 녹이기 시작했습니다.

한참 만에 청년은 자리에서 일어났습니다. 그러더니 입고
있던 옷을 하나씩 벗기 시작했습니다. 마침내 그는 알몸이 되
었습니다.

청년은 무덤 위에 쌓인 눈을 두 손으로 정성스레 모두 치워
냈습니다. 그런 뒤 청년은 벗은 옷으로 무덤을 덮기 시작했습
니다.

마치 어머니께 옷을 입혀 드리듯 청년은 어머니의 무덤을

모두 자기 옷으로 덮었습니다. 그리고는 무덤 위에 엎드린 채 절규하듯 말했습니다.

"어머니, 그 날 얼마나 추우셨어요."

어머니의 사랑에 대해 링컨이 말했습니다.

"내가 성공을 했다면, 오직 천사와 같은 어머니의 덕이다."

어머니는 세상에서 가장 선한 천사입니다.

세상의 그 무엇도 어머니의 사랑에 비하진 못합니다.

모든 사람이 비난하고 욕하더라도

어머니는 오히려 따뜻하게 감싸 안아줍니다.

자식을 위해서라면 어머니는 자신의 모든 것을 희생합니다.

이처럼 어머니는 한 평생 자식만을 위하다 눈을 감습니다.

어린 페스탈로치의 경험

페스탈로치는 어린 시절 몸이 약하고 수줍음이 많았습니다. 그래서 평소에 자주 또래 아이들에게 겁쟁이라고 놀림을 받았습니다.

어느 날 페스탈로치는 할아버지와 함께 산책을 하게 되었습니다.

숲 속에선 산새들의 지저귀는 소리가 들려왔고 시원한 바람이 얼굴을 스치고 지나갔습니다. 페스탈로치는 할아버지와 산책을 하는 시간이 즐겁고 행복했습니다.

걷다보니 어느새 날이 조금씩 어두워지고 있었습니다. 그들은 집으로 돌아가는 길에 시냇물을 건너게 되었습니다.

우리가 살아가는 이유, 희망

페스탈로치는 할아버지를 바라보며 싱긋 웃었습니다. 할아버지가 자기를 업고 건널 것이라고 생각했기 때문입니다.

그런데 뜻밖에도 할아버지는 페스탈로치의 손을 놓더니 혼자 펄쩍 뛰어 시냇물을 건너는 것이었습니다.

페스탈로치가 물었습니다.

"할아버지, 저는 어떻게 해요?"

페스탈로치가 발을 동동 구르며 울먹거렸습니다.

"뭐가 무섭다고 그러느냐? 뒤로 두어 발짝 물러서서 힘껏 뛰어보려무나."

할아버지의 말에 페스탈로치는 더욱 겁에 질려 급기야 울음을 터트리고 말았습니다.

그러자 할아버지가 짐짓 화난 표정으로 말했습니다.

"건너오지 못하면 할아버지 혼자 갈 테다."

어둠 속에서 시냇물 소리는 더욱 무섭게 들리는데 할아버지는 혼자서 앞을 향해 걸어가려고 했습니다.

순간 홀로 남겨진다는 두려움에 놀란 그는 엉겁결에 펄쩍 뛰어 시냇물을 건넜습니다.

그러자 뒤돌아섰던 할아버지가 달려와 그를 다정하게 안아 주셨습니다.

"그래, 그렇게 하는 거야. 잘했다. 이제 넌 언제든지 네 앞에 나타난 시냇물을 건너뛸 수 있을 게다. 애야, 무슨 일이든 마음먹기에 달렸단다!"

그날의 경험은 페스탈로치가 어른이 된 뒤 많은 실패 속에서도 용기를 잃지 않도록 큰 힘이 되어 주었습니다.

무엇이든 마음먹기에 달렸습니다.

'이 정도야 식은 죽 먹기지.'

'세상에 내가 못하는 일이 어디 있어?'

이런 생각은 어떤 일도 거뜬히 해냅니다.

하지만 '그동안 내가 한 일이 잘 된 게 하나도 없는데…….'

'만약에 실수한다면 사람들이 나를 욕할 테지?'

이런 생각은 쉬운 일조차 불가능하게 합니다.

실행에 옮기기 전부터 이미 마음속에 실패를 담고 있기 때문입니다.

열여섯 살 소년의 용기

오래 전 네덜란드의 작은 바닷가 마을
에서 있었던 일입니다.

어느 날 밤, 바람과 먹구름이 잔뜩 몰려오더니 곧이어 거센
폭풍이 일었습니다. 마침 그 곳을 지나고 있던 고기잡이 배가
폭풍에 갇히고 말았습니다.

위험에 처한 선원들은 급히 구조 신호를 보냈습니다. 구조
신호를 받은 구조대 대장이 경보 신호를 울리자 주민 모두가
바닷가 마을 광장에 모여들었습니다. 구조대가 노를 저어 거
센 파도와 싸우며 앞으로 나아가는 동안 주민들은 랜턴으로
바다를 비추며 해변에서 초조하게 기다렸습니다.

한 시간 뒤, 안개를 헤치고 구조대원들의 배가 돌아왔습니다.

주민들은 환호성을 지르며 그들에게로 달려갔습니다. 지친 구조대원들은 모래사장에 쓰러지며 주민들에게 이야기했습니다.

인원이 넘쳐 더 이상 구조선에 태울 수 없었기 때문에 어쩔 수 없이 한 남자를 뒤에 남겨 둬야 했다는 것이었습니다. 한 명을 더 태우면 구조선까지 파도에 휩쓸려 모두 생명을 잃고 말았을 것이라는 것이었습니다.

애가 탄 구조대 대장은 그 생존자를 구하기 위한 다른 자원봉사자를 찾았습니다. 그때 한스라는 열여섯 살의 어린 소년이 앞으로 걸어 나왔습니다.

한스의 어머니는 한스의 팔을 잡으려 애원했습니다.

"얘야, 제발 가지 마라. 네 아버지도 10년 전에 배가 난파되어 죽었지 않니? 네 형 파울도 바다에서 실종됐고, 이제 내게 남은 것은 너뿐이다."

한스가 말했습니다.

"어머니, 전 가야만 해요. 모두가 갈 수 없다고 말한다면 그 사람은 어떻게 되겠어요? 어머니, 이번에는 제가 나서야 해요. 예전에 남을 위해 자신을 희생하는 일보다 더 가치 있는 일은 없다고 어머니가 말씀하셨잖아요."

한스는 어머니를 포옹하고 나서 구조대에 합류했습니다. 그리고는 어둠 속으로 사라졌습니다.

다시 한 시간이 지났습니다. 한스의 어머니에게는 영원처럼 길게 느껴지는 시간이었습니다.

마침내 구조원들이 탄 배가 다시 안개를 뚫고 돌아왔습니다.

뱃머리에는 한스가 서 있었습니다. 손으로 나팔을 만들어 마을 사람들이 소리쳐 물었습니다.

"실종자를 구조했는가?"

지친 몸을 가누면서 한스가 흥분한 목소리로 소리쳤습니다.

"네. 구조했어요. 저의 어머니에게 말씀해 주세요. 실종자가

우리가 살아가는 이유·희망

바로 우리 형 파울이었다고요."

헌신은 세상을 아름답게 합니다.

한 자루의 초가 온몸을 태워 어둠을 몰아내듯이

헌신은 절망 속에서 희망을 되찾아줍니다.

영국의 작가 로버트 루이스 스티븐슨은

"헌신에 의해 사랑은 자란다."라고 말했습니다.

사랑이 위대한 것은 헌신 때문입니다.

자기 자신보다 기꺼이 남을 위할 때

세상은 희망으로 가득 찹니다.

저녁 하늘을 발갛게 물들이는 석양처럼

그렇게 진정 누군가를 위하는 사람이 되었으면 좋겠습니다.

일 초가 세상을 변화시킨다

　　우리 모두에게는 공평하게 하루 24시간이 주어졌습니다. 사람에 따라 이 시간은 짧을 수도, 넉넉할 수도 있습니다. 어떤 사람은 시간을 효율적으로 두 배로 활용하지만 또 다른 사람은 시간에 쫓겨 헤매는 사람도 있지요.

　　소포클레스는 시간에 대해 다음과 같이 말했습니다.

　　"내가 헛되이 보낸 오늘 하루는 어제 죽어간 이들이 그토록 바라던 하루이다. 단 하루면 인간적인 모든 것을 멸망시킬 수 있고 다시 소생시킬 수도 있다."

　　대다수의 사람들은 볼 수도, 느낄 수도 없다고 해서 시간을 함부로 생각합니다. 하지만 단테가 "오늘이라는 날은 두 번 다

우리가 살아가는 이유·희망

237

시 오지 않는다."라고 말했듯이, 한 번 흘러간 시간은 결코 되돌릴 수 없다는 것을 잊어선 안 됩니다.

한평생 시계만을 만들어 온 사람이 있었습니다.

그는 자신의 일생에 마지막 작업으로 온 정성을 기울여 시계 하나를 만들었습니다. 자신의 경험과 열정을 쏟아서 만든 시계였습니다.

그는 완성된 시계를 하나뿐인 아들에게 주었습니다.

시계를 받아든 아들은 이상하다는 듯이 시계를 쳐다보았습니다. 시계의 초침은 금, 분침은 은, 시침은 구리로 만들어져 있었기 때문입니다. 아들이 아버지에게 물었습니다.

"아버지, 초침보다 시침이 금이어야 하지 않을까요?"

그러자 아버지는 웃으며 대답했습니다.

"초가 없는 시간이 어디에 있겠느냐. 그러니 시침보다 초침이 더 중요하다고 할 수 있지."

그리고 아버지는 아들의 손목에 시계를 걸어주면서 말했습니다.

"얘야, 단 1초라도 헛되이 보내지 말아야 한다. 많은 사람들이 함부로 여기는 1초가 세상을 변화시킨단다."

스위스 철학자 앙리 프레데리크 아미엘이 말했습니다.

"오늘 하루를 헛되이 보냈다면 그것은 커다란 손실이다.

하루를 유익하게 보낸 사람은 하루의 보물을 파낸 것이다.

하루를 헛되이 보냄은 내 몸을 헛되이 소모하고 있다는 것을 기억해야 한다."

값비싼 보석보다 더 소중한 것은 시간입니다.

시간은 그 무엇으로도 살 수 없습니다.

또한 한번 흘러간 시간은 절대로 되돌릴 수 없습니다.

인생의 성공은 시간을 소중하게 쓸 때 얻어지는 것입니다.

모든 사람들에게 공평하게 주어진 시간을 어떻게 쓰느냐에 따라 우리의 미래가 달라집니다.